D E A R + N O V E L

もう一度ストロベリー

松前侑里
Yuri MATSUMAE

新書館ディアプラス文庫

S H I N S H O K A N

もう一度ストロベリー

目次

イラストレーション／小川安積

もう一度ストロベリー

眠くて目を開けられないまま、運ばれていくらしい。

どこへ？　誰に？　なにもわからない。でも、不思議とこわくはなかった。

子供の頃、父や年の離れた兄たちにおんぶしてもらったときと同じ、温かくて安心な場所にいることがわかっていたから……。


「あれ……？」

目覚めると、見覚えのない部屋にいるのに気がついた。

微《かす》かな煙草《たばこ》の匂いと、淹《い》れたてのコーヒーの香り。明らかに自分のアパートとは違う、シンプルで洒落《しゃれ》た雰囲気のリビング。寝心地のいいソファに横たわり、クッションを枕に、肌ざわりのいい毛布がかけられている。

ここ、どこ？　おれ、どうしたんだっけ？

記憶の糸をたぐり寄せながら、美潮《みしお》は半身を起こした。

「い……っ……」

気分は完全に二日酔い。けれど、痛む頭の中、ぼんやりと映像が浮かんできた。

昨夜《ゆうべ》は自分のために、会社の四人の先輩たちが新人歓迎会を開いてくれたんだった。

美大の二年生の夏休み、長兄《ちょうけい》の紹介でアルバイトをすることになり、手先は不器用だけどユニークな発想が面白いと気に入られ、休みが終わりに近づいた頃、このままうちで働かないかと誘われた。退屈《たいくつ》な大学の課題にうんざりしていたので、渡りに舟とばかりに中退し、正式にプロダクトデザイン事務所トイ・クラスタのスタッフになった。

もちろん、大学を辞めたかったからというのがいちばんの理由じゃない。

社名のTOY CLUSTERの意味は、オモチャな人たち。大人をワクワクさせるデザインをテーマに、遊んでも飾っても楽しくお洒落なボードゲームやパズル、ブロックなどのインテリア・トイをメインに、食器やステーショナリ、ノベルティのキャラクターやドールなどの企画、デザインと、舞台やアーティストのＰＶ、ＣＭなどの美術も数多く手掛けている。

斬新《ざんしん》で遊び心満載の作品もすごいけれど、仕事をしている先輩たちが本当に楽しそうで、アルバイト中ずっと、こんな職場で働けたらどんなにいいかと憧《あこが》れのまなざしで眺めていた。

だから、誘われた瞬間、思わず「やった！」と叫び、その場で決めてしまった。

けれど昨夜、歓迎会の席で……。

『トイ・クラスタに貢献《こうけん》できるようにがんばりますので、よろしくお願いします』

などと使い慣れない言葉で挨拶《あいさつ》をし、先輩たちに似合わないからやめろと笑われ、ついでに、採用された本当の理由を初めて知らされた。

発想が面白いと言っていたが、じつはそれよりも、十歳上の先輩たちに対して、思ったままに意見を言うような生意気なところがよかったのだそうだ。

一瞬、『そんな理由？』とがっかりしそうになったけれど、夏じゅう彼らの下で働いていたので、冗談で言ったのだとすぐに気づいた。と同時に、生意気なのが気に入ったというのもこの会社ならありえると思い、納得してしまった。

ワインで乾杯して、おいしいイタリアンを食べながら楽しく過ごして……そのあたりまでしか覚えていない。

アルコールで記憶がなくなるなんて、初めての経験だった。

あまり強くないので、同級生と飲むときは気をつけていたのに、周りが頼れる大人ばかりだったから、安心して飲みすぎてしまったらしい。

先輩たちの家にはまだ行ったことがなく、迷惑をかけてしまったのが誰なのかもわからない。ひとりだけ自分を疎《うと》ましがっている人がいて、彼でないことだけは間違いない。

だとすると、残りの三人のうちの誰か。慶《けい》さん？　泰《やす》さん？　それとも秀《しゅう》さん？

本人が手掛けた作品でも置いてあれば、誰の家なのかわかるのだけれど……。

「おい、いつまで寝てるつもりだ」

ふいに声をかけられ、美潮はぎょっと目を見開いた。

見知らぬ人がいたわけじゃない。予想外の人物が、エプロン姿で現れたからだった。

「うそ……」

美潮は目をまるくし、つぶやいた。

今まさに、この人だけはありえないと削除《さくじょ》していたその人が、似合わなすぎるいでたちで目の前に立っている。

どうして？　よりによって……。

ほかに可愛がってくれている先輩がいるのに、この人が部屋に泊めてくれたということが、美潮にはどうしても信じられなかった。

でも、理由はともかく、とりあえず、迷惑をかけたことに関しては謝らなくてはいけない。でなきゃまた、最近のガキはと怒られるに決まってる。

「ごめ……じゃなくて、すみません。おれ……もしかして昨夜、タカさんに大変ご迷惑おかけしちゃいました……よね？」

「日本語は正しく使え」

じろりとにらまれ、美潮は首をすくめた。

郡司《ぐんじ》貴俊《たかとし》、三十歳。トイ・クラスタのクリエイティブディレクター。雰囲気も性格も違うイケメン揃《ぞろ》いのオイシイ職場で、とりわけタイプなルックスな上に、自分と同じゲイだった。

年の離れた兄たちが可愛がってくれたせいもあり、自分は年上の男性が大好きで、初恋は小学生のとき、二十五歳のハンサムでやさしい担任の先生だった。その後もずっと、とにかく年上ばかり好きになっていたけれど、初対面でこんなにもカッコいいと思った人は初めてだった。

男性はスーツ姿がいちばんだと思っていたのに、ジーンズにチェックのシャツを着ただけの貴俊の、すらりとバランスのいい立ち姿にまず目を奪《うば》われ、つぎに涼しげな切れ長の目に引き寄せられた。爽《さわ》やかというよりはクールという言葉が似合う端整《たんせい》な顔。きっと声も男前なのに違いない。

『よ、よろしくお願いします』

挨拶をして目が合った瞬間、恋の相手になる可能性があるかもと胸が高鳴ったのに、一分も経《た》たないうちに可能性がゼロだとわかってしまった。

恋人がいるとか奥さんがいるとか、そんな理由ならまだよかったのだけれど……。

『バイト雇《やと》うのはいいけど、ガキのお守《も》りはおまえらやれよ』

はじめましてでもよろしくでもない、そんな憎らしいひと言が貴俊の第一声だった。

顔を見て予想していたとおり、イケメン声だったのがよけいに悔しかったのを覚えている。

バイトから正社員にするときも、三対一の多数決でしぶしぶ受け入れただけで、歓迎会の席でも、思いっきり歓迎なんかしてないというオーラを出していた。

せっかく理想の職場に恵まれたのに……とへこみつつ。いやいや、大丈夫。味方が三人いればひとりくらい邪険《じゃけん》にする先輩がいてもやっていける。仕事は面白いし、どこの職場にだって嫌な上司のひとりやふたりはいるものだから。そう自分に言い聞かせていた。

そんな関係なのだから、こっちが苦手意識を抱《いだ》いているのと同じくらい、向こうもこっちの存在を苦々《にがにが》しく感じているはず。

「迷惑って言うなら、おまえの存在そのものが迷惑なんだよ」

予想どおり、貴俊得意の皮肉たっぷりのセリフが飛んできた。

うなだれながら、そこまで言うかとカチンときたが、迷惑をかけた代償に、今日のところは我慢する。

「……と言いたいところだが」

「え？」

前言《ぜんげん》を翻《ひるがえ》す貴俊に、美潮は顔を上げ、大きな目をきょとんとさせた。

「昨夜は、おまえのおかげで久々に楽しかった。いや、面白かった」

「え……？」

いったいなにをやらかしたんだろう。貴俊が面白かったということは、自分にとってはけして楽しい話じゃなく、なにかとんでもない醜態《しゅうたい》を晒《さら》したのに違いない。

「あの状態じゃ、記憶ないんだろうな」

思わせぶりなことを言い、貴俊は思い出し笑いをする。やっぱり……。

「あの……おれ、いったいなにを……」

「朝メシ作ったけど、食うか？」

質問したのに軽く流された。

美潮が蒼《あお》い顔で首を振ったら、「だよな」と笑いながらキッチンのほうへ歩いていく。

なにをしたのかわからないが、とりあえず、貴俊が怒ってはいないことにほっとした。

事務所の中なら、いつも誰かしらフォローしてくれる先輩がいるからいいけれど、今は貴俊とふたりきり。言動には気をつけなくてはいけない。

ふたりの兄たちからは、生まれてこの方、意地悪なんて一度だってされたことはなかったのに、貴俊のおかげで、年上の男性はやさしいというイメージがすっかり崩壊《ほうかい》してしまった。

貴俊に言わせると、自分は世間知らずで生意気で、才能だけで世の中渡っていけると思ってる甘ちゃんで、とにかくどうしようもないガキなのだそうだ。

子供扱い＝甘やかせてもらえる優位な立場。ずっとそう思っていた。けれど貴俊に出会ってからは、ガキ＝人としてなってない生き物、という意味に成り下がっている。

なんで、この人なんだよ……。

美潮はこめかみを押さえながら、ため息をつく。

「とりあえず、こっち来て座れ」

説教をされるのを覚悟しつつ、カウンターのスツールに座ると、なんだか不思議な気持ちになり、じっと貴俊の背中を見つめてしまう。

料理ができるなんて知らなかった。意外すぎて最初は驚いたけれど、エプロン姿がけっこう様《さま》になっている。

でも、きっちりした性格だから、健康とかにも気を配っていそうな予感。もしかして、迷惑をかけた罰《ばつ》に、セロリやほうれん草の入った飲みづらいジュースとか飲まされたらどうしよう。

などと、びくびくしていたら……。

「二日酔いにはビタミンCだろ」

「あ……」

美潮はぱっと目を輝かせた。

目の前に置かれたのは、ガラスの器《うつわ》に無造作《むぞうさ》に盛られた、瑞々《みずみず》しい真っ赤な苺《いちご》だった。

子供の頃から大好きで、どんなに食欲がないときでも苺だけは食べられる。

もちろん、貴俊がそんなことを知る由《よし》もなく、たまたまあったから出してくれただけだろう。

なのに……ルビーのように鮮やかな赤が、まるでなにかの合図のように、今まで感じたことのなかった感情を呼び起こす。

なんだろう。胸の中にある、この不思議な気持ち……。

「嫌いなら、無理に食わなくていいぞ」

相変わらずの、ぶっきらぼうな言葉。でもなぜか、こわいとも憎らしいとも思わなかった。

夢だと思っていたけれど……。

酔いつぶれた自分を負ぶってくれていた、あの大きな背中は貴俊だったんだ。

「おれ、苺……大好き」

美潮は思いっきり素直に、笑顔で答えた。

「あ、そ……そっか。なら、よかった」

初めて見た、戸惑ったような貴俊の顔。いつもきりっとしている人が、ほんの一瞬のぞかせた素《す》の表情が可笑《おか》しくて……今まで抱いていたイメージが一気に崩れていく。

「おいしー」

美潮が嬉々《きき》として苺を食べていると、カウンター越しにコーヒーを飲みながら、貴俊がふっと笑った。

「ほんと、ガキだな……」

たしかに十歳下だけど、これでも二十歳。職場でガキと言われるたびに腹を立てていた。

なのに今、同じセリフが違って聞こえる。

この人……こんなふうに笑えるんだ。

出会ったその日にひと目惚れし、一分も経たないうちに嫌いになった。昨日までなんとも思っていなかった人が、ある日あるとき、ふいに気になる存在に変わる。

そんな瞬間があるなんて、知らなかった。

貴俊の思いがけない一面を垣間見《かいまみ》た、二日酔いの朝。子供の頃から好きだった苺が、世界でいちばん好きなものになってしまった。

1

出会い頭《がしら》から、気に入らないやつだと思っていた。そう、お互いに。

そんなふたりが恋人になって、よもやこんなことになるなんて、いったい誰が想像していただろう。

ピカピカに磨《みが》いた窓に映った自分の顔に、美潮《みしお》はくすっと笑った。

貴俊《たかとし》が、美潮にとっていちばん気になる人になった日から半年とちょっと。明日、美潮は貴俊のマンションに引っ越し、同居を始めることになっている。

窓の向こうには、いつもと同じ街明かり。瑠璃色《るりいろ》の夜空では、あと一歩で満月になる月が明るく輝いている。生まれて初めてひとり暮らしをした1Kのアパート。目の前はコインパーキングで、夜になるとなぜか、ドリンクの自販機《じはんき》が人待ち顔で佇《たたず》んでいるように見えてしまう。

貴俊の部屋みたいにきれいな夜景が見えるわけじゃないけれど、この眺《なが》めとも今夜でお別れかと思うと、やっぱり寂しい気がする。

「立つ鳥あとを濁《にご》さずって言葉、知らないのか？」

名残《なごり》を惜《お》しんでいたら、後頭部を軽く叩かれた。

「なっ……なんだよっ」

振り向きざまに、美潮はキッと貴俊をにらんだ。

「しみじみするなら、掃除が終わってからにしろ」

「終わってからって……もう十分きれいじゃん。完璧《かんぺき》だよ」

「完璧？　これが？」

貴俊は呆《あき》れ顔になり、窓のサッシを指でなぞり、美潮の鼻先に突きつけた。

人が間違ったり失敗したときに、ことわざを持ち出す大人は大嫌い。そう言ってやったことがある。貴俊は驚いて固まって、怒るかと思ったら『それは言えてる』と笑っていた。

反省したのか、しばらくは口にしなかったのに、久々に出た。

「男がキチキチ几帳面《きちょうめん》なのって、セクシーじゃないよ」

文句を言いつつ、美潮は貴俊の手から雑巾《ぞうきん》を取り上げ、窓の桟《さん》をごしごしと拭《ふ》いた。

「性的魅力と几帳面さは関係ないだろ」

悔しいけれど、ベッドでの貴俊は間違いなく魅力的で、その点に関しては反論の余地《よち》がない。自分の身体に、まだ知らない可能性があったことも、身体を分かちあう悦《よろこ》びを教えてくれたのも、もちろん貴俊だった。

だからといって、仕事でもプライベートでも、そこまでしなくてもと思うような細かいチェックを入れるところは、やっぱりいただけない。

これからは職場だけでなく、家でも顔をつきあわせているわけだし……。

「なんか……いっしょに暮らすの、気が重くなってきた」

美潮はことさらに大きなため息をついた。

こうるさい舅《しゅうと》みたいな態度を、少しは自粛してくれるかもしれないと思い、言ってみたのだけれど……。

「じゃあ、やめとくか？　俺はべつにかまわないぞ」

「……！」

しれっと答えるのを見て、美潮は目をまるくする。

「タカさん、どっちでもいいんだ？　自分からいっしょに暮らそうって言ったくせに」

「それはあれだよ。シオのことひとりにしとくと、そのうち火事とか水漏《みずも》れとか空き巣《あきす》とか、なんか問題起こしそうだからで……」

「そんな理由!?　おれと毎日いっしょに寝て、いっしょにごはん食べて。そういうのが嬉しいからじゃないの？」

むきになって問いただすと、貴俊は「ふうん」と美潮を見下ろした。

「シオが俺と暮らしたいのは、俺の作るうまいメシが目当てだったんだ？」

「ちっ……違うよ。それもあるけど……」

口ごもってしまったのは、ひとり暮らしでいちばん困っていたのがコンビニ頼りの食生活だったから。これからは毎日、貴俊の手料理を食べられるのが、ひとつのベッドで眠れるのと同じくらい楽しみだったのは、まぎれもない事実で……。

「それもあるけど、なに？　ＣＤのセロファン素早く剝《は》がしてくれるとか、牛乳パックやポテチの袋きれいに開けてくれるとか、それから……」

「もういいよ。てか、そんなことだけのわけな……んっ」

好きだからに決まってる。そう言いたかったのに、いきなり唇を塞《ふさ》がれ、思わず目を閉じて応《こた》えてしまった。

こんなにも、心も身体も離れられなくしておいて、冗談でもそういうこと言わないでほしい。

美潮は両手で胸を押し返し、貴俊をにらんだ。

「キスでごまかすクセ、やめなよね」

「駄々《だだ》こねてるガキの相手してたら、夜が明ける」

「ガキって言うのやめろって……」

「じゃあ、明日。引っ越し屋が来る前に迎えに来るから」

人の話を最後まで聞け。面倒《めんどう》なことから逃げるな。バイトしてた頃、いつも言ってたくせに。

「引っ越さないって言ってるじゃん」

「明日は満月だぞ」

「だから、なんだよ」

「俺がオオカミ男になる夜なのにって話」

笑いながら、貴俊が両手で腰を引き寄せる。

「あっそ。じゃあ、発情したオオカミになって、あの大きなベッドでひとりで寝れば?」

「はいはい、わかった。愛してるよ」

美潮の言うことなどどこ吹く風。貴俊はつまみ食いみたいなキスをした。

なにそれ。軽いんだよ、愛してるの使い方が。

ふてくされている美潮の頭をぽんと叩くと、貴俊は楽しくてたまらないという顔をし、「寝坊するなよ」と言って出ていった。

「おれはもう愛してないっ」

閉じたドアに向かって、美潮は持っていた雑巾を投げつけた。

もちろん、心にもない言葉。ときどき真逆《まぎゃく》のことを言わないと、バランスがとれなくなってしまうのは、貴俊のことを好きになりすぎたからかもしれない。

ハマってしまったってやつ? 自分で言って、笑ってしまう。

トイ・クラスタでアルバイトを始めたとき、やさしい先輩ばかりの中、ひとりだけ口うるさくて説教をする男がいた。それが貴俊だった。

なんだこいつと思って煙たがっていたけれど、あるとき気づいてしまった。

歓迎会の翌朝を境に、ただ甘やかされるよりも、厳しく叱《しか》ったり意地悪なことを言う人に、たまにやさしくされるほうがずっと気分がいいということに……。

たとえば、こんなふう。

助手席で眠りそうになると、人が運転してるのに自分だけ寝るなと怒るけれど、目覚めるといつも、上着をかけてくれている。ありがとうとお礼を言うと、寝るなよなと怒ってみせながら、ほんとはちっとも怒っていないのがわかる。

「だったら、寝るなとか言わなきゃいいじゃんね」

美潮はふふっと笑い、携帯電話を開いた。

一昨日《おととい》、井《い》の頭《かしら》公園で満開の桜をバックに撮った記念写真。ツーショット写真なんか嫌がるかと思ったら、Vサインとかして驚いた。そんなもの待ち受けにするなよと怒っていたのに、写メを送ったら嬉しそうに眺めていた。

人の食べかけのホットドッグを欲しがったり、ひとつのアイスをいっしょに舐《な》めたり、甘やかしたいのか甘えたいのかわからないところがあって、ときどき本気で驚いてしまう。

貴俊をひと言で表現するなら、ギャップの人。

つきあい始めた頃はまだ、こんな人だとは思いもしなかった。

口うるさいのも、ほんとはやさしいこともわかっていたけれど……愛してるよだとか平気で言うなんて、想像もできなかった。貴俊のこんな一面を知っているのは、自分も含む貴俊とつきあったことのある人だけで、美大の同級生だったスタッフ三人も知らないと思う。

『愛してるよ』

ほんと、よく言う。

自分でも一度も口にしたことのない言葉。これからだって、きっと言えないと思う。

「まぁ、どうしてもって言われれば、仕方なく言ってあげてもいいけどさ……」

貴俊の写真に向かってつぶやくと、美潮はご機嫌でベッドにもぐりこんだ。

気分はハネムーン前夜。明日が来るのが待ち遠しい。

この部屋での最後の夜は、もう二度と味わえないワクワクを抱きしめて眠ろう。


「どうしちゃったんだよ……」

翌日の午前十時、アパートの前の道路に出て、美潮は携帯電話を耳に当てたまま、貴俊が来るのを今か今かと待っていた。

ひとり暮らしの引っ越し荷物は、小型のトラック一台にふたりの男性スタッフがあっという間に積み込んでしまった。同じ敷地に住む大家《おおや》への挨拶《あいさつ》もすませたのに、約束の時間を過ぎても貴俊の車はまだ現れない。しかも、携帯電話にかけてもいっこうに出ない。

イライラが不安に変わり、じっとしていられなくなってきたとき、

「あっ……」

やっと貴俊から電話がかかってきた。

よかった。ほっとしたとたん、心配したぶんだけ腹が立ってくる。

「もう、なにやってんだよ。おれ、事故にでも遭《あ》ったのかと思って……え？」

美潮は思わず、訊《き》き返す。電話の向こうの声は貴俊ではなく、トイ・クラスタのマネジメント担当の三村泰人《みむらやすひと》だった。

どうしてタカさんの携帯電話に泰さんが……？　さっきの不安がまた蘇《よみがえ》ってくる。

「泰さん、どうしたの？　タカさんになにか……」

携帯電話を握りしめ、美潮は震える声で訊いた。

「シオちゃん、落ち着いて。大丈夫だから、あわてないでこれから言うところまで来て。秀《しゅう》と慶一《けいいち》もすぐに来るから」

泰人に告げられた行き先は、美潮が想像していたとおりの場所だった。

この世でいちばん嫌いなのは、注射と病院。見舞いに行くだけでも不安な気分になってしまうから、よほどのことがない限り近づかない。

でも、今は一刻も早く辿《たど》り着《つ》きたい。

大丈夫。絶対に大丈夫。

初めてひとりで乗ったタクシーの中、美潮は何度も心でくり返した。

外傷《がいしょう》も軽いし、意識もあるから大丈夫だと念を押していたけれど、動揺した自分があわてて逆に事故に遭わないようにと、やさしい泰人が気遣ってくれている気がしてしょうがない。

やがて病院に着き、タクシーの料金を払おうとしたが、手が震えて財布から紙幣《しへい》を取り出せず、運転手に財布ごと渡して受け取ってもらった。

運転手の男性が「お客さん、危ないから落ち着いて」と叫ぶのが聞こえたけれど、落ち着くことなんてできなかった。

ナースステーションで教えてもらった病室が、ＩＣＵじゃなかったことにほっとしながらも、エレベーターを待つのがもどかしく、貴俊のいる四階まで階段を一気に駆け上ってしまった。

「タカさんっ」

美潮が病室に駆け込むと、電話をくれた泰人のほかに、プロダクトデザイナーの土屋秀《つちやしゅう》、アートディレクターの野添慶一《のぞえけいいち》がすでに来ていて、いっせいに美潮のほうを見た。

胸に抱《かか》えてきた不安が一気に溢《あふ》れ出《だ》し、美潮はよろめくようにベッドに近づいた。が、貴俊は額《ひたい》に大きめの絆創膏《ばんそうこう》が貼られているだけで、しっかりと目を開け、半身を起こしていた。

「頭打って気失ってたんだけど、軽い外傷だけで脳にはダメージ受けてないって」

美潮のアパートに向かう途中、路地《ろじ》からサッカーボールを追って飛び出してきた子供を避《さ》けようとして、電柱にぶつかったのだという。

「よ……」

よかったと言うつもりが声にならず、泰人の言葉に、緊張の糸がふっと途切《とぎ》れて身体から力が抜けてしまった。

「おっと」

床に崩《くず》れそうになるのを、慶一が笑いながら支えてくれた。

「馬鹿だな、ケータイ切ってただろ」

ちゃんと電源を入れていれば、たしかにもっと早く安心できたのだろうけれど、

「おれ……タクシー乗ってるあいだに、こわい報《しら》せもらったらどうしようって……」

とても電源を入れておく勇気がなかったのだ。

「うん、わかってた。そうだと思った。よくひとりで来たね」

泰人がなだめるように背中をなでてくれたので、抱えていた不安がすっかり消えて、こんどは泣きそうになった。

「タカさんの馬鹿。おれ……不安で死んじゃうかと思ったじゃん」

美潮はベッドに駆け寄り、貴俊の枕元に張りついた。

なのに、貴俊からのリアクションがない。どうしたんだろうと顔を上げると、やっぱり困ったような表情をしている。

「ご……ごめん。痛かった？」

「いや……」

「どうしたの、大丈夫？」

固い表情を崩さない貴俊を、美潮は不安になって見つめた。

「誰、このタメ口なガキ……」

「え？」

なにを言われたのかわからず、美潮はきょとんとなった。

冗談かと思ったが、貴俊は助けを求めるようにスタッフのほうを見ている。

「シオ……槇原《まきはら》美潮はうちの新人で、おまえの恋人だろ？」

慶一が確認するのを見て、心臓がどきんとなった。

そんなわかりきったこと、訊かないでほしい。それじゃ、まるで……。

「恋人？　俺の……？」

貴俊の口から出た言葉に、胸の鼓動《こどう》が速くなる。

「タカ……よせよ。こんなときにおかしな冗談言うの」

苦笑いを浮かべながら、秀が肩をすくめた。

「ほんとだよ。おれ、死ぬかと思うくらい心配したんだからなっ」

本気で怒ったのに、貴俊は夢から覚めたみたいな顔。背中がぞくりと寒くなる。

昨夜、笑いながらキスしてくれた……貴俊じゃない。

「ほんとにおれのこと、わかんないの？　今日からおれ、タカさんのマンションでいっしょに暮らすことになってんだよ」

美潮の言葉に三人がうなずくのを見て、貴俊はなぜかはっと笑った。

「そっちこそ……いったいなんの冗談だよ。俺が誰とつきあってるか知ってるだろ。てか、睦《む》月《つき》は？　なんでここにいないんだよ」

貴俊の口からすらりと出た、睦月という名前。自分と出会う以前、貴俊につきあっている人がいたのは知っていたけれど……。

貴俊になにが起きたのか考える間もなく、指先がしんと冷たくなった。

「タカ、睦月とは……去年の春に別れたんだろ？」

「別れた……？」

視線をさまよわせたかと思ったら、こんどは急に目を瞠《みは》る。

「そういえば、秀……カットしたばっかなのになんで髪長いんだ？　慶一も……眼鏡のフレーム違うし……ていうか、真冬なのに、おまえらなんでそんな薄着……なんだ？」

貴俊の目に浮かぶ戸惑いの色に……美潮の胸にも不安の雲が広がってくる。

スタッフの三人は顔を見あわせ、しばし沈黙が流れた。

「やめろよ……人が事故のこと覚えてないからって、手の込んだ冗談よせよ」

あくまでも冗談にしようとする貴俊に、

「タカ、あっち見てみろ」

秀がカーテンを開け、窓の外を見るように促した。

なんだろう？　美潮もいっしょに覗き込む。

「雪……」

と言いかけて、貴俊が息を呑むのがわかった。

窓の向こうは小学校の校庭。柵《さく》に沿って並んだ桜の木が風に吹かれ、白い花びらを吹雪《ふぶき》のように撒《ま》き散《ち》らしていた。


記憶喪失《そうしつ》なんて、ドラマや映画の中でしか見たことがない。

まさか自分の身近なところで、それもいちばん大切な人の身の上に、そんなことが起きるなど考えたこともなかった。

別れた恋人の名前を言ったり、今が冬だと思っていたり……貴俊のおかしな言動は、頭の中のカレンダーが去年の二月に逆戻りしていたからだった。

医師はすぐに記憶が戻ることもあるし、部分的な記憶喪失だったのは不幸中の幸《さいわ》いだと言っていたけれど、そんなふうには思えなかった。

貴俊の時間が出会う前に戻ってしまった。

幸いだなんて、どうして簡単に言うんだろう。

その日は結局、まだ退院の許可が下りない貴俊を残して家に帰ることになったが、あまりに憔悴《しょうすい》しているのを心配して、泰人が部屋に泊まるようにと言ってくれた。

ひとりで夜を過ごすのがこわかったから、ありがたく甘えることにした。

職場でも観葉植物の世話をしている泰人の部屋は、植物の鉢《はち》があちこちに置かれ、アロマオイルのようないい香りがして、きれいでリラックスできる空間だった。なのに、貴俊のことを考えると落ち着かず、泰人が作ってくれたおいしそうな食事も喉《のど》を通らなかった。

自分のことを忘れられただけでもショックな上に、貴俊がほかの誰かをまだ好きなんだと思うと、これからのふたりの同居生活がどうなるのか不安でたまらない。

泰人が気持ちが落ち着くからと、はちみつの入った爽《さわ》やかなハーブティーを飲ませてくれたけれど、うとうとしては目を覚まし、ほとんど眠ることができなかった。


そして翌日の夕方、身体に異常が見つからなかった貴俊は、一年と二ヵ月の記憶を失ったまま退院し、仕事を早めに切り上げたスタッフとともに自宅のマンションに戻ってきた。

「マジかよ……」

見慣れた家の様子が変わっているのを見て、貴俊はひどく戸惑った顔をしている。あらかじめ聞かされていたとしても、そのリアクションは当然だと思う。

一年のあいだに増えたものもあるし、捨てたものもある。なによりも、他人である自分の荷物が置かれているのだから驚かないほうがおかしい。

貴俊の不安から比べたら、状況をすべて把握《はあく》している自分のほうがまだマシだと思う。とは言っても、それはただマシだというだけのことで、平静でいられる状態でないのは同じだった。

絶対に、歓迎されてない。

大丈夫だと自分を励ましながら戻ってきたけれど、のっけからめげそうになっている。

「担《かつ》がれてるんじゃないって、これでわかっただろ？」

秀がお気楽な調子で言ったので、おそるおそるまた貴俊のほうを見る。

「そうみたい……だな」

現実を受け入れられないように、貴俊は呆然と目の前の光景を見つめていた。

寝室のど真ん中に置かれたそれは、ふたりの関係を、説明する必要のないくらいはっきり教えてくれていた。

貴俊といっしょに、大型家具店の寝具売り場であれこれ迷って買ったダブルベッド。これから毎晩、ふたりで眠るはずだった。

「そんな困った顔するなよ。恋人に存在忘れられたシオの身にもなってみろよ」

秀に背中を叩かれ、貴俊はなんとも言えない顔になる。

そんなこと知るかと言われた気がして、胸がずきんと痛んだ。

「言っとくけど、おまえからシオに告《コク》って、つきあって半年も経《た》たないうちにいっしょに暮らそうって言ったんだからな。記憶にございませんじゃすまないんだからな」

秀の言葉は泣きたいほどありがたかったけれど……。

「秀さん……」

美潮が止めようとすると、

「タカのこと責めるのは気の毒だよ。今はまだ、いろいろ混乱してるんだから」

泰人がやんわりとたしなめ、美潮のほうへ向き直った。

「こんなこと言ってごめんね。つらいよね。だけど、タカにとって今のシオちゃんは……」

初対面の他人。その事実に、美潮はうなずくしかない。

「だからって、タカがシオちゃんに対して知らぬ存ぜずな態度とるのは、大人としてNGだからね。忘れてるだけで、知らない関係じゃないってことちゃんと頭に置いて……」

「わかってるよ。こんなことになって、申し訳ないって思ってるし、責任とらなきゃって思ってる」

申し訳ないなんて言わないでほしい。責任って、どういう意味？

「おまえ、まさか慰謝料とか払って、シオのこと放り出すつもりじゃないだろうな」

「そんなことするわけないだろ」

貴俊があわてて否定したので、美潮は内心ほっとする。

「てことは、責任とるって言葉は、ちゃんと恋人として扱うって意味なんだな？」

「えっ……」

貴俊が驚くのを見て、美潮は目を瞠る。

預かるのはいいけれど、それ以上は無理だと言われてしまったも同然だった。

「タカ、そのリアクションはないだろ。シオに謝れよ」

自慢の栗色の髪をさらりとかきあげながら、秀は眉をひそめた。

「いや、だって二十歳《はたち》だろ？　十歳下だぞ。俺、そこまで年下とつきあったことないっていうか、ありえないっていうか……」

そんなこと、言われなくても知っている。貴俊は最初、自分など眼中《がんちゅう》になく、なにかあるごとにガキは苦手だと言っていた。

それでも好きになってつきあうようになったのは事実なのだから、第一印象がどうであれ、ありえないで片づけないでほしい。

「そんなのはお互いさま。おれだって、トイ・クラスタの中でいちばんタカさんのこと苦手だったし、口うるさくてウザいって思ってたし」

思わず、言わなくていいことを口走っていた。

「なんなんだよ……」

生意気な言葉と態度に、明らかに驚いている貴俊の顔。記憶を失くしているのだから、今までどおりに振る舞ってはいけないのに、『ありえない』と言われ、我を忘れてしまった。

「ご、ごめ……」

あわてて謝ろうとしたが、

「ていうか、お互いタイプじゃないのに、どうしてこんなことに……」

まるで災難にでも遭ったように言われ、本気で悲しくなってくる。

「おふたりのあいだでなにがあったかまでは、存じてませんから」

秀はおどけた調子で、両手を広げて肩をすくめた。

すると慶一が、「いやいや」と腕組みをしながら言った。

「最初はまさかと思ったけど、考えてみれば……説教奉行《ぶぎょう》と叱《しか》られ侍《ざむらい》、持ちつ持たれつの関係だったんだから、くっついてもおかしくはないんだよな」

「なんだ、それ……？」

貴俊が怪訝《けげん》そうな顔をしたので、美潮ははっと気がついた。

説教奉行と呼ばれるようになったのは、自分が事務所に来てからのことで、どうやらそれ以前には、口うるさく説教する相手がいなかったらしい。

「おれ、いっつもタカさんに叱られてばっかだったから、そう呼ばれてたんだよ」

「説教奉行はともかく、そっちは……なんとなくわかる」

なんでそこだけわかるんだよ。美潮はむっと眉を寄せた。

慶一がどうでもいいことを言いだし、話が脱線してしまったけれど……。

「責任とるって言ったよね」

「言ったよ」

どこか投げやりな、貴俊の答え。気の迷いとか出来心とかで、うっかり浮気をしてしまったわけじゃないんだから……。

恋人だという事実が証明され、責任をとるなんて安易《あんい》に口にしたくせに、往生際《おうじょうぎわ》の悪い貴俊にだんだん腹が立ってくる。

「タカさんは自分からおれのことここに呼び寄せたんだし、アパートだって引き払っちゃったんだから、タイプじゃないガキと暮らすのが嫌でも、おれが自分から出ていきたくならない限り、ここに置いてくれなきゃだめだからな」

美潮は貴俊に、きっぱりと宣言した。

ほんとはこんなこと言いたくない。責任とか義務とか、そんなのちっともありがたくない。だけど、離れたくない。記憶を失くしたままの貴俊と、絶対に離れちゃいけない。

もし貴俊の記憶が戻らなかったら、この恋は消えてしまうかもしれない。

「追い出すつもりはないよ。ただ……」

「わかってる。記憶なくしたことは事故だから……。今すぐに恋人だとか思ってくれなくていい。いっしょにいさせてくれるだけで……」

「申し訳ないけど……そう言ってもらえると、助かる」

申し訳ないなんて言う貴俊、見たくない。

いつもみたいに、ごめんごめんと、ちっとも悪いと思ってない顔で言ってほしかった。

美潮がしゅんとしていると、

「熱い紅茶でもいれようか。タカ、キッチン借りていい？」

泰人が明るい声で言った。

どうやら、気まずくなった空気を変えようとしてくれたらしい。

「お茶のいれ方、忘れたわけじゃないから」

なのに貴俊は、逃げるようにキッチンのほうへ行ってしまう。

そばにいてあげなきゃと思っていたのに、貴俊にとって今の自分は、部屋に置かれたダンボールと同じ、お荷物みたいな存在になっている。

目で追いかけようとし、虚《むな》しくなってうつむいた。

「俺たちがついてるから、心配すんな」

秀が頭をなで、慶一が「ついてるついてる」と言ってくれた。

これは、仕事でトラブルがあったときの慶一の口癖《くちぐせ》で、うまくいかないときにはかならずあとかいいことが『ついてくる』から大丈夫という意味なのだ。

いつも能天気でいいなと思っていたが、今日は心底ありがたく感じる。

「しばらくは居心地よくないかもしれないけど、タカから逃げ出さないでやってよね」

泰人の言葉にも、感謝しながらうなずいた。

笑顔を見せつつ、けれど心の中は不安でいっぱいだった。

ふたりの関係を知っている三人がいてくれるからこそ、自分が貴俊の恋人なんだと思えるけれど、貴俊とふたりきりになったとき、自分は見知らぬ他人としか見てもらえなくなる。

みんなして帰らないで、誰かひとりでいいから泊まっていって。

喉までその言葉が出そうになった。そのとき、

「やっぱり、いろいろ落ち着くまで……シオちゃん、うちで預かろうかな」

美潮の不安を汲《く》み取《と》るように、泰人が手を差し伸べてくれた。でも、貴俊から離れるのはやっぱり嫌だった。

「可愛い後輩が心配なのはわかるけど……シオがつらい目に遭うって、なんで決めつけるんだ？　予想外に面白い体験ができるかもしれないのに」

慶一はけして、泰人の意見を過保護すぎると言っているんじゃない。

予想外に面白い体験っていうのはどうかと思ったが、明日の朝起きたら、記憶が戻っている可能性だってないわけじゃない。

「ていうかさ、これからふたりでいろいろ乗り越えて暮らしてくのに、初日からそんなことじゃ、長つづきしないんじゃないのか？」

チャラ男の秀とは思えない言葉に、美潮はちょっと笑いそうになった。

「ウケた？　そういうの、じつは憧《あこが》れてたりするんだよなぁ」

自分でもらしくないと感じたのか、秀は冗談にしてしまったけれど……。

言われてみれば、そのとおり。どう転ぶかわからないのに、いきなり逃げ出すくらいなら、恋なんてしないほうがいい。

ちらりと横を見ると、カウンターの奥で紅茶をいれている貴俊の背中が見えた。

見慣れた後ろ姿。見ていると、ぎゅっと抱きつきたくなってしまう。包丁を持っているときにやって、危ないだろうと叱られたこともあったけれど、そのあとすぐにハグしてくれた。

でも今は、貴俊の背中が遠い。駆け寄ってしがみつきたいのに、遠すぎて行けない。

いっしょに乗り越えるとか、長つづきとか言われても、知らない人間といきなり暮らすことになった貴俊としては、どう受けとめていいのかわからないはずだ。

逃げちゃいけない。しっかり心に留めておかなくてはいけないのは自分なんだ。

「泰さん、ありがと。でも……おれ、大丈夫ですから」

美潮は笑顔で答えた。

「初めての共同作業だな。がんばれ」

冗談めかした秀の言葉。なにそれと笑ってみせたけど、心の奥までちゃんと届いたから……。

泰人みたいな大らかな気持ちで、慶一の真似《まね》をして、ついてるついてると言いながら、貴俊についていくことにした。


しんとなったリビングでふたりきり。やっぱり置き去りにされた気分に陥《おちい》り、どうしていいかわからなくなった。

ソファは並んで座るもの。肩に寄りかかったり、ちらりと顔を見上げたり。それがふたりの当たり前だったのに、なぜかお客みたいに向かいあっている。

「人生、なにが起きるかわかんないもんだね」

黙っていても埒《らち》が明かないと、いつもの調子で明るく言ってみる。

「そうだな」

貴俊がつぶやくのを聞いて、美潮は思わず黙った。

やっぱり、会話がつづかない。貴俊が初対面の人間に無愛想《ぶあいそう》なのを知っていても、恋人だったときとのギャップが大きすぎて、そっくりな他人といるみたいで居心地が悪い。

秀たちにもらった勇気と寛容は、いったいどこへ行ってしまったんだろう。

自分が見るからに貴俊のタイプだとか、貴俊が年下に目がないとか、ほんの少し条件が違っていたら、ここまで気まずい空気になっていなかったと思う。

年下の恋人がいたなんてラッキーと思いつつ、顔には出さず、内心そわそわしたり、もしくは、ふたりがどんなふうにつきあっていたのかとか、積極的に訊《たず》ねてくるはずだ。

などと、仮定の話をいくら頭の中で捏造《ねつぞう》しても、現実は変わらない。

美潮は、壁にかかった貴俊がデザインした時計をちらりと見た。

「お風呂、沸《わ》かそうか？」

「いや、俺がやるから」

「そ、そう……だね。慣れてないから、失敗するかもね」

本当は風呂なんかどうでもよかった。そんなことより、今後の……いや、とりあえず今夜の部屋割りがどうなるのかを、訊かないわけにはいかない。

寝室に置かれたダブルベッドを前に、貴俊は事実を受け入れるしかないという顔をしていたけれど、だからといって、いっしょに寝るなんてことは……ない。よね？

「やることないし、疲れたし……ちょっと早いけど寝ちゃう？」

あからさまに訊くのがはばかられ、そんな言い方になってしまった。

すると貴俊は、目をそらしながらぼそっと言った。

「俺、ここで寝るから……おまえ、寝室使っていいぞ」

だよね。美潮は苦笑いを浮かべた。

自分にとっては恋人でも、貴俊にとっては昨日会ったばかりの他人。しかもタイプじゃない。恋人だとわかっても、ひとつのベッドで寝るのは心情的に無理だろう。

「タカさんは身体大きいんだから、ベッド使いなよ。おれのがずっとコンパクトだから、ソファでもぜんぜん……」

「いや、そういうことじゃなく、リビングのほうが、夜中になんか思いついたとき便利だから……」

そういえば、ここに泊めてもらったときにも、貴俊は夜中にふいに起き上がり、リビングに行ってなにか描いたりしていた。ほんとに仕事が大好きで、いつどこでアイディアが浮かんでもいいように、メモとペンを持ち歩いていた。

貴俊は、なにも変わっていない。

一年ちょっとのブランクができただけで、仕事の才能やスキルを失ったわけじゃない。自分以外のスタッフのことは覚えているし、忘れてしまったクライアントには、事情を話せばわかってもらえる。やりかけの仕事だって、問題なくつづけることができるだろう。

病院の先生が言っていたように、すべてを忘れてしまったり、大きな後遺症の残る怪我や、最悪死んでしまっていたと思えば、やっぱり不幸中の幸いだったのかもしれない。

生きていてくれただけでよかった。ほんとにこんなことですんでよかった。

そう自分に言い聞かせながら、心の片隅から小さな声が聞こえてくる。

どうして、おれのことだけ忘れちゃったんだよ。

言いたいけれど、以前の貴俊はもういない。

ふたりで迎える最初の夜、記念すべきその日。ひとつ屋根の下にいるのに、ふたりで使うはずだったダブルベッドで、ひとりで眠らなくてはいけない。

『おれはもう愛してないっ』

誰よりも愛してくれていた貴俊に、最後に投げつけた言葉。つまらない意地を張ったりしたから、こんなふうになったのかもしれない。

貴俊が言ってくれたとき、ほんとはすごく嬉しかったくせに……恥ずかしいとか馬鹿みたいとか、そんなことばっかり言っていた。

できるものならもう一度、あの夜に戻ってやり直したい。

愛してないなんて意地を張らず、素直に愛してるって言うから……。

2

こんな事態になっても、貴俊《たかとし》はいつもどおりにキッチンに立ち、朝食を作っていた。泊めてもらったときと同じ、あまりにも自然な光景だったから、一瞬、記憶が戻ったのかと思ってしまった。

「おはよ」

美潮《みしお》は明るく声をかけた。

いつもの貴俊なら、『いつまで寝てるんだ』と答えるはず。そして、ちょっと怒ったみたいな顔で『早く顔洗って着替えて来い』と言う。

「あ……ああ、おはよう」

でも、返ってきたのはぎこちない挨拶《あいさつ》。叱《しか》ってくれない貴俊に、美潮はわざとパジャマのままカウンターのスツールに座ってみた。

「おまえ……いつも、そんなふうなのか?」

やっぱり、この状態は気になるらしい。

性格が変わったわけじゃないのだから、当然といえば当然の話。でも……。

「やっぱ怒るんだね。よかった。あ……けど、おれべつに怒られるのが趣味じゃないからね」

「……」

貴俊はしらっとした顔で美潮を見ると、ベーコンエッグに胡椒《こしょう》を振った。

「もしかして、おれがタメ口なの、すごい違和感だったりする？」

「まぁ、多少。けど……それが普通だったんなら、今までどおりにすればいい」

なんだか、出会ったばかりの頃の貴俊を見ているような気がする。

なにか言いたそうなのを、我慢している貴俊の表情。慶一《けいいち》の高校時代からの親友で、グラフィックデザイナーの長兄《ちょうけい》といっしょに、初めてトイ・クラスタの事務所を訪《おとず》れたとき、思わず『うそ、マジでカッコいい人ばっかじゃん』と口走り、貴俊に思いっきりにらまれ、あわてて兄の後ろに隠れたのを思い出す。

「こういうこと、平気で許してた自分に驚いてる……よね？」

美潮はおそるおそる訊《き》いてみた。

「不思議の国のアリスになった気分だよ」

タカさんがアリス？　それって喩《たと》えが可愛《かわい》すぎない？　思わず言いそうになったが、にらまれそうなのでやめた。

「事務所ではちゃんと敬語使ってるから、心配しなくていいよ」

「それが普通だろ」

素《そ》っ気《け》なく言って、焼き上がったベーコンエッグを白い皿にすべらせる。

「……だよね」

沈黙がこわくて、なんでもいいから埋《う》めあわせようとして、いつもよりよけいにしゃべってしまい、気まずさを増幅《ぞうふく》させていた。

貴俊といっしょにいるときはいつも、黙って風景を見ていても、ただそばで寄り添っていても、気まずくなったことなんてなかったのに……。

これじゃあまるで、アルバイトをしていたときの、お互いを心よく思っていなかった頃に逆戻りしてしまったみたいだ。

「これ……おまえが持ってきたのか？」

貴俊が二客《きゃく》のマグカップを両手で持ち上げ、怪訝《けげん》そうな顔をする。

「持ってきたんじゃなくて……タカさんが買って、ここで使ってたんだよ」

「俺が？　ペアのカップを？」

どうしてそんな反応をするのか、こっちが訊きたい。

水族館でイルカやシャチなどの海獣《かいじゅう》ショーを見たあと、ショップでイルカの絵のついたカップを見つけ、これからは朝のコーヒーはこれで飲もうと嬉しそうに買っていた。

「おれのこと恋人にしたのも、同居することにしたのも……ペアのカップ買ったのも、なにもかもありえないんだね」

ちょっと皮肉っぽい口調になってしまった。

「いや……よもやこの俺が、子供目線に合わせられるとは思ってもいなかったから」

子供目線？　一瞬、腹を立てそうになったけれど、我慢がまん。今の貴俊に、恋人だったときと同じスタンスでリアクションをするのはＮＧだった。

貴俊だって、我慢しているんだから……。

「タカさん、べつに無理しておれに合わせてくれたんじゃないと思う。だっておれ、ペアルックとかそういうのダサいって思ってたから、お揃《そろ》いのもの欲しいって言ったこともないし……イルカとかペンギンとか好きなのタカさんだし……自分が欲しくて買ったんでしょ？」

「頭いて……」

「え、大丈夫⁉　病院行く⁉」

美潮はあわててスツールから立ち上がった。

「そうじゃなくて……精神的にイタいって話だ」

「……」

ほっとしながら、ちょっと憎らしくなってくる。

痛いのはこっちも同じだってこと、ちょっとは思いやってほしい。

責任とるなんて失礼発言も、ほんとはきっちり取り消してほしいくらいだった。

「コーヒー、ミルクとか砂糖とか入れるんだよな？」

以前、貴俊にブラックは苦手だと言ったら、それからはいつも、部屋に遊びに来るとカフェオレが出てくるようになった。

「ミルクだけ……お願いします」

べつに遠慮したわけじゃない。忘れられるって、こういうことなんだって思ったら、素直に言葉が出てこなかった。

自分の好みをすべて知ってくれていて、なにも言わなくても好きなものが目の前に現れる。当たり前みたいに思っていたけれど、それってすごいことだったんだ。

貴俊が記憶をなくしたのを知っているのに、誰こいつと言われたときより、カフェオレが出てこないことのほうがショックだなんて……どうかしてる。


三階建てのスレンダーなトイ・クラスタのビル。一階は事務処理の部屋とスタッフの手掛けたインテリア・トイが飾られた応接室、二階はスタッフのデスクを並べた仕事場と小さなカウンターカフェのあるミーティングルーム。三階にはラボと呼ばれるアトリエがあり、ものづくりが自由にできるようになっている。すべての階が吹き抜けの螺旋《らせん》階段でつながっていて、屋上からは空がよく見える。

ふたり揃ってミーティングルームに行くと、すでに泰人《やすひと》と秀《しゅう》が出社しているのを見て、貴俊は露骨《ろこつ》にほっとした表情になった。

「さっそく同伴《どうはん》出勤っすか?」

秀に軽くからかわれ、貴俊は苦笑いを浮かべる。

自分とふたりきりだとどう接していいかわからず、息がつまるらしい。

気持ちはわかるけれど……やっぱり傷つく。

「タカ、体調はどう?」

泰人が朝のハーブティーを配《くば》りながら訊ねると、「身体は異常ナシ」と答え、カップを手にしたまま、なぜかきょろきょろしている。

カウ・プリントの白黒がお洒落《しゃれ》なテーブルとパイプ椅子、泰人が世話をしている観葉植物たちも、一年前とはなにも変わっていないと思うのだけれど……。

「おはよっす」

煙草《たばこ》を口にくわえた慶一が入ってきたのを見て、貴俊がまた安心したような顔をする。

「なんだ……よかった。灰皿ないから、禁煙になったのかと思った」

そういうことか。お気の毒さま。美潮は思わず苦笑いを浮かべた。

「禁煙にはなってないけど、今うちで煙草吸うのは慶一だけ。タカは禁煙……あ、そっか。そのことも忘れたんだ?」

秀の言葉に、貴俊はぽかんとした顔になった。

「どうりで……家に灰皿もライターもなくて、おかしいと思ったんだよ……」

ため息をつきながら、貴俊は慶一の指にはさまった煙草を奪《うば》い取《と》ろうとした。

が、ひょいとかわされる。

「せっかく禁煙できたのに、わざわざ吸うこたないだろ。おまえ、煙草やめてからメシがうまいって言ってたじゃないか」

慶一は煙草に火をつけ、わざとおいしそうにひと口吸い、ふうっと煙を吐き出した。

可哀想《かわいそう》に。禁煙をした理由も、もちろん貴俊は知らない。

「どうしても吸いたいなら、吸っちゃえば？　身体に悪くない程度になら」

美潮はあわてて言った。

吸わないほうが身体にはよくても、こんな状況のなかで、好きだった煙草をやめろというのはストレスになるかもしれない。

「なんか知らないあいだに、俺の身にいろいろあったってことだな」

貴俊は、煙を吐き出すようにため息をついた。

いろいろなんて言って流さないで、どうしてやめたのかちゃんと訊いてほしい。ふたりのあいだであった出来事、なかったことにしないでほしい。

それに……灰皿がないことをヘンに思っていたのなら、真っ先に自分に訊いてほしかった。

「禁煙の努力味わわずにすんで、得したって思えばいいんだよ」

慶一の言葉に、貴俊は「たしかに」と苦笑いを浮かべ、

「ただし、俺の前では吸うな」

慶一の指から煙草を取り上げ、灰皿の上でもみ消した。

折れた吸殻《すいがら》を見ていたら、なんだか泣きたくなってくる。

ふたりの秘密だった、貴俊の禁煙のわけ。今はもう誰も知らない。

実家では家族が吸っていなかったから、車の中でだけは吸わないでほしいと頼んだら、翌日からやめてしまって驚いた。無理に禁煙しなくていいと言ったら、きっかけがなくてやめられなかったからちょうどいいんだと笑っていた。

ふたりで共有していた幸せな時間。

自分にまつわるあらゆることが、恋人の中から消えてしまう。

それがこんなに寂しいなんて、知らなかった。


朝のお茶を飲み終わると、貴俊はさっそく、デスク周りや引き出し、パソコンの中身をチェックしている。

たったひと晩で、自分は思い知らされたというのに……。

忘れてしまった人よりも、忘れられたほうがつらいってこと、貴俊はまだ気づいていない。

そばで泰人が、新規のクライアントや現在進行中の企画について教えると、貴俊は戸惑う様子もなく目を通し始めた。といっても、忘れているだけで、ほかでもない自分が手掛けた仕事なのだから、文句や疑問を呈《てい》する必要などないはずだ。

四人で事務所を立ち上げてからすでに八年、この場所で培《つちか》ってきたものが失われたわけじゃなく、貴俊の大好きな仕事には、やはり支障はなさそうだった。

「ところでこれ、どう?」

秀が一冊のカタログを見せたら、貴俊は驚いたように目を瞠《みは》った。

「これ、俺が先週考えてた……」

貴俊の口から出た先週というのは、一年前の先週のこと。

「このとおり、もうとっくに製品になっておりますよ」

秀が冗談めかしたが、貴俊は無言で自作の写真に見入っている。

「どんな気分?」

泰人が笑いながら顔を覗き込むと、

「そりゃ、驚くだろ……こういうの創《つく》ろうって思ってたやつが、目の前に現れてんだから」

信じられないというふうにため息をつく。

「タカとしては、先週まで自分の頭の中にあったイメージだもんな」

「……おかしな気分だな。まるで、魔法で出したみたいに出来上がってる」

どこか楽しげな貴俊の表情に、事故で記憶を失くした人というよりは、うっかり一年前からタイムスリップしてきた人みたいに思えてしまう。

魔法で作ったものに感激するのはいいけれど、同時に消えてしまったものもあるってこと、忘れないでほしい。

「けど……仕事って、やっぱプロセスが楽しいのかも。魔法みたいに完成してるって……あんがい面白くないんだな」

「俺はガキの頃から、自分が想像したものがぽんと出てくるマシンが欲しかったなぁ……」

秀はドラえもんが大好きで、仕事の相棒になってほしいと言っていたっけ。

自分は貴俊が言っていたとおり、できていく途中経過を楽しむのが好きかもしれない。好きになっていく過程、好きになってもらう過程。恋が実ったときも嬉しかったし、恋人としてそばにいるのも楽しいけれど、恋を育てていく途中のワクワクには敵《かな》わない。

でも……それがぜんぶ、削除されてしまった。

「シオには申し訳ないけど……仕事に支障が出なかったのは、正直助かったよな」

「え?」

秀の言葉に、美潮ははっと顔を上げた。

「そんなこと、シオちゃんの前で言わなくてもいいんじゃないのか」

泰人が、カップを回収しながら秀をたしなめる。

「おれ、平気です。ほんとに、そのとおりだし……」

でも、その先の言葉がつづかない。美潮がうつむいていたら、

「もしかして、あのラバー・ダック……?」

貴俊がガラスケースの中に並んだ、カラフルなゴム製のアヒルを指差した。

「うちのホープが初めて企画した、シリアルナンバー入りのアヒルちゃん」

明るい声で、秀があらためて紹介してくれる。

ゼロから考えたわけじゃなく、ブタの貯金箱や招き猫のような昔からある意匠《いしょう》に、まったく違ったテイストを加えただけだったが、お風呂グッズの黄色いアヒルに、サイケデリック&キッチュ、ポップ&ガーリーな色柄を施《ほどこ》してみたところ、大人のコレクションアイテムとして大ヒットしてしまった。

その中のいくつかには、涙がぽろりとこぼれているのや、メガネをかけているの、バッテンの絆創膏《ばんそうこう》が貼られているのなど、箱を開けるまでわからないラッキーダックが含まれていて、オークションでもかなりの高値《たかね》がついている。

「やっぱりな……」

腕組みをしながらにやりとする貴俊に、美潮はちょっと拗《す》ねた顔をする。

「お風呂アヒルなんて子供っぽいって思ったんでしょ」

と言いつつ、貴俊が自分のデザインだと気づいてくれたことが嬉しくて仕方ない。

「いや、こういうの欲しがるのって、大人だろ。ちゃんとツボ押さえたデザインになってる」

記憶をなくしてから、貴俊が初めて自分に関心を持ってくれた。

といっても、注目してくれたのは仕事だからだけど……。

「夢の中に出てきたんだってさ。カラフルなアヒルがいっぱい」

ベッドの中で、真っ先に貴俊に話して聞かせたことを、あらためて秀が伝えてくれる。

「夢の中って制限がないし、普通考えつかない組み合わせとか配色とか出てくるから、侮《あなど》れないよな」

貴俊が言ったので、秀と美潮は顔を見あわせて笑った。

「なんだよ?」

「これができたとき、タカさん同じこと言ったから」

「えっ……」

驚く貴俊に、パソコンに向かいながら慶一がふっと笑った。

「あたりまえだろ。記憶が一部分なくなっただけで、タカはなんにも変わってないんだからさ……」

慶一の言葉が、虚《むな》しく心を通り過ぎてゆく。

変わってないのは仕事に関してだけ。自分と貴俊の関係は、すっかり変わってしまった。

思わず喜んだけれど貴俊が自分の仕事を褒《ほ》めてくれたのだって当たり前の話。ラバー・ダックの企画を、手とり足とりサポートしてくれたのは、ほかでもない貴俊だったんだから……。


美潮がパソコンに向かって、木製パズルの図面を3Dデータに起こしていると、

「ところで、新婚初夜はどうだった?」

秀が嬉しそうにデスクに近づいてきて、耳元で囁いた。

貴俊が三階のラボにこもっている隙《すき》を狙って、さっそくそんなことを……。

「秀さんって、ほんと……」

「いい男?」

「……」

マウスを操《あやつ》る手を止め、美潮はふうっとため息をついた。

一応先輩だし、最低と言おうとしたのは胸に納めておくことにする。

「ごめんごめん、俺ってやっぱ軽薄《けいはく》?」

デスクに片手をつき、さらりと前髪をかきあげる。

「自覚してるなら、けっこうです」

いつも能天気で軽口ばかりきいて、いかにもなチャラいキャラからは想像がつかないけれど、シンプルかつ繊細《せんさい》なデザインが得意で、これまで手掛けたインテリア・トイは何度も大きな賞を獲《と》っている。クライアントに渡す名刺の肩書きには、『大人のオモチャ職人』とふざけたことが書いてあるけれど、すごく優秀なデザイナーなのだ。

「タカにいじめられたら、俺んち来いよ。シオなら大歓迎だから」

「お気持ちだけいただいときます」

美潮は、素《そ》っ気《け》なく断った。

秀には常に複数の彼女がいて、だから当然ゲイじゃない。にもかかわらず、職場に女性がいないせいか、事務所のペット的な存在の自分に、セクハラジョークを言うのが楽しみのひとつになっているらしい。

「子供が遠慮するなんて、よくないなぁ」

遠慮してるんじゃなくて、ご遠慮させていただきますって婉曲《えんきょく》にお断りしてるんです。

「秀さんちに学生時代の作品見せてもらいに行ったら、女の人がふたりやってきて、思いっきり鉢合《はちあ》わせになって大変だったことありましたよね？」

あのときのことは今でも忘れない。秀が若い男と浮気していると誤解され、男女の四角関係に巻き込まれ、散々《さんざん》な目に遭《あ》ってしまった。

「そんなことあったけ？　俺も記憶喪失になったかなぁ」

「人の不幸を冗談にしないでくれます？」

美潮がじろりとにらむと、秀は自分の眉間《みけん》を指差して笑った。

「ここんとこシワ寄せて、難し～い顔してたからさぁ」

「……」

美潮ははっとし、額《ひたい》を押さえた。

どうやら秀は、元気づけようとして声をかけてくれたらしい。

「ごめんなさい。気をつけ……」

「シリアスになって状況が好転することって、あんまりないからな」

秀に謝ろうとしたら、慶一が割り込んできた。

「事故に遭ったのも記憶失くしたのも、今の段階じゃ、悪かったのかよかったのかなんてわからないんだし、勝手に災難だったたって思わないほうがいいぞ」

わからない？　悲しかったり寂しかったり、貴俊だってあんなに困っている。それだけでもじゅうぶん災難だったと思う。

「慶さんがタカさんの立場だったら、そんなふうに言えますか？」

「タカの立場じゃなくても、俺はいつも、目の前で起きてることにはとくべつな意味はないって思ってるから……」

忘れてた。この人に真《ま》っ当《とう》な質問をしちゃいけないんだった。

仕事でトラブルが起きても、慶一はいつもどこ吹く風。それはそれでいいんじゃないかと、まるで人ごとみたいに言っている。

チームにひとりこういう人がいるだけで、状況がどうであれ心強いし、結果的には、慶一が大丈夫と言うだけでほとんどのことがうまくいく。でも、心の浮き沈みが激しい自分から見ると、ちょっと感情がフラットすぎる気がする。

「慶さん、女の人に冷たいって誤解されることありません？　頼りになるし、ほんとはすごくやさしいのに……そういう悟《さと》ったみたいなことばっか言ってると、心がない人だって思われてもったいないと思う」

美潮が思ったままを伝えると、慶一は煙草に火をつけながら、ふっと笑った。

「俺……そんなに嫌じゃないんだよな。人に誤解されるのって」

「え、誤解されたいんですか？」

「されたいってわけじゃないけど……相手がこっちのことどう思ってようと、それで自分がどうなるわけでもなし、関係ないだろ？」

関係ないんだ？　美潮は思わず目をまるくした。

他人の言動にまったくブレない人って、ほんとにうらやましい。

でも、自分は慶一みたいにはなれない。思えない。とくに相手が好きな人の場合は……。

「慶一の言ってること、軽く流したほうがいいよ。いいこと言ってるようだけど、たいして意味ないから」

「そのとおり。意味があることなんてほとんどないんだから、物事も人の言うことも軽く受け取るのがいちばん」

「……」

からかっているのかわからないけれど、さっきまで胸のあたりに停滞《ていたい》していた、重い雨雲みたいな気分が薄れてきている気がした。

「皆さん、お手すきのようで……慰《なぐさ》めてくれているのか妃珈琲《きさきコーヒー》のスペシャルブレンドが到着したんで、さっそく試飲会にいたしません?」

泰人が珈琲豆のイラストのついた箱を抱《かか》え、いそいそとやってきた。

観葉植物の世話をしたり、お茶やコーヒーをいれたり、まるでアシスタントのように思われそうだが、じつはトイ・クラスタを陰《かげ》で支えているのが泰人なのだ。どんな難しい交渉も、癒《いや》し系の笑顔とやんわりとした口調で、なんなく押し通してしまう敏腕《びんわん》マネージャーでもあり、可愛くてインパクトのあるゆるキャラのデザイナーとしても、その才能を発揮《はっき》している。

「お、いいね。楽しみにしてたんだ」

コーヒーが大好きな慶一が真っ先に飛びついた。

「シオちゃん、タカのこと呼んできてくれるかな」

「は、はい」

スタッフにラボと呼ばれているアトリエは、いろんな画材や素材がいつでも自由に使えるようになっていて、カラー粘土《ねんど》で試作品やダミーを作ったり、壁一面に貼った大きな画用紙に、文字でも絵でもなんでも自由に落書きができるようになっている。その名のとおり、実験室みたいな場所なのだ。

アルバイトの初日、ちょっとしたテストをすると言われ、色とりどりのブロックを山のように渡され、好きなものを自由に作ってみるように指示されて驚いた。なにかすごい作品を見せきゃいけないのかと怯《ひる》んだが、フルーツゼリーみたいにきれいな色を見ていたら、いろんなイメージが湧《わ》いてきて、そのうちテストだということも忘れて没頭《ぼっとう》してしまった。

あとで聞かされたのだけれど、その結果で合否《ごうひ》が出るわけでもなんでもなく、どれくらい夢中になって遊べるかを見ただけだった。

ラボにつづく白い螺旋階段を登りながら、軽い気持ちでアルバイトに来た自分が、こうしてスタッフとして働けることが、夢のように思えてくる。

トイ・クラスタのスタッフの才能はばらばらだけど、共通しているのはやさしいこと。といっても、やさしさにももちろんそれぞれ個性があって、表現の仕方はぜんぜん違う。今回のアクシデントに対しても、ひとりひとり違った見方をしていた。

秀がもし貴俊の立場だったら、きっとゲームみたいに面白がって、恋人になったきっかけをわざと聞かず、タイプじゃないのにどうして好きになったのかに興味を持って、好奇心いっぱいに近づいてくる。もちろん、感情のみならず、身体の相性をすかさず確かめにかかるはずだ。

そう、三人の中でいちばん早く手をつけるのは間違いなく秀だと思う。

でもそれが、慶一だったなら……失ったものには執着《しゅうちゃく》せずに、目の前に現れた恋人だという見知らぬ人間に対しても、あるがままに受け入れて、過去のことはいいから、とりあえずゼロからまたつきあおうと言うだろう。許容範囲が広すぎて、愛されているという特別感が薄まりそうだけど、なにが起きても不安にならずにすみそうだ。

泰人の場合は、やさしさの表現が誰よりもストレートだから、いちばんわかりやすい。たとえ恋をした記憶を失ったとしても、恋人に忘れられたほうの気持ちをなによりも思いやって、忘れてしまったことを真っ先に謝って、思い出せるように努力すると言ってくれる。そして、大丈夫だよと言って、いつものように心をこめてお茶をいれてくれるに違いない。

「タカさん、泰さんがコーヒー……」

ガラス張りのドアを開けかけて、美潮ははっと言葉を呑《の》み込《こ》んだ。

貴俊は壁一面に貼った画用紙に向かい、オイルパステルを手に夢中でなにかを描いている。指が汚れるのも気にせず、流れ込むインスピレーションを色と線で迸《ほとばし》らせながら……。

こんなとき、けして声をかけないというのも、ここでのルール。美潮は息をひそめ、全身を使ってアイディアを形にしていく貴俊の背中を見つめた。

ここに来る途中、階段を登りながら、三人が貴俊だったらどうするだろうと想像してみたけれど……。

貴俊はどうだろう。そう思ったら、不思議な感覚にとらわれた。

四人の中で、いちばん身近な人のはずなのに、貴俊がどうするかがなぜかわからない。

もしかしたら逆に、あんまり近くにいすぎたせいかもしれない。

肝心なことが見えなくなるくらい、恋してた。あの幸せな時間が……すごく恋しい。

突風が吹いたり雷《かみなり》が鳴ったり、春の空模様《そらもよう》は忙しい。寒い日と暖かい日が入れ代わり立ち代わりしつつ、季節が移ろっていく。

ひたすら貴俊に甘えられると思っていたのに……気分はすっかり居候《いそうろう》。貴俊との同居生活も、気づけばもう二週間が経っていた。

せっかくの休日に、貴俊はリビングでパソコンに向かったまま、美潮はその周りの床をモップでひたすらなでまわしている。

思い出してもらうためにも、できるだけ以前と変わらない自分でいようとしていたが、貴俊が自分をお客扱いしているせいで、らしくもなく気を遣っているらしい。

でも、ケンカをして口をきかなくなったカップルみたいに、無言のまま時間だけが過ぎていくのはあまりにも味気《あじけ》ない。

「お茶いれようか？」

沈黙に耐えきれず、美潮は貴俊に声をかけた。

「いや……あ、頼もうかな」

「はい」

思わず、家なのに『はい』なんて言ってしまった。

無理に敬語を使わなくていいと言われても、家でも上司然としたままの貴俊を前にすると、なんとなくそうもいかなくなってしまう。

出ていってほしいから嫌がらせをしている、なんてことはもちろんない。ちゃんと食事を作ってくれるし、毎日車で事務所まで連れていってくれるし、家で仕事の相談をしても嫌な顔ひとつせずに聞いてくれる。

でも、それだけのこと。

自分からつきあおうと言って同居することになった恋人なんだと、納得しているはずなのに、記憶が戻らないんだから仕方ないといわんばかりに、人を一時預かりの荷物みたいに、ただ置いてくれている。

いわゆる、放置プレイってやつですか？　思わず、つっこんでみたくなる。

「どうぞ」

怒られてもいい。なにか気持ちの通《かよ》ったリアクションがほしくて、わざとぬるくて薄いお茶をいれてみた。

「おいしい？」

白々《しらじら》しく訊いたのに、貴俊はひと口飲んで「サンキュ」と言っただけだった。

事務所でいつも、泰人が最高のお茶をいれてくれているせいで、お茶やコーヒーの味にはうるさいはずが、こんな適当なお茶を平気で飲むなんてどうかしてる。

ていうか、休みの日にそんなに仕事する人じゃなかったよね？　トイ・クラスタのスタッフはみんな、休みはしっかり遊ぶのが当たり前だったよね？

直面している現実から目をそらしたくて、貴俊は仕事に逃げているだけだと思う。

年下が苦手だった貴俊に逆戻りしてしまったのだから、困惑しているのはわかるけれど、そんな態度をとられたら……。

おれのこと嫌いなら、はっきり言えばいいじゃん！　思いっきり言ってやりたかった。

でも、困らせるだけだとわかっているから、心の中で叫んでみた。

今までどおりにいくわけがないと、覚悟はしていたつもりだったが、同じ人間がふたりいて、片方の記憶がなくなってしまっただけで、こんなにも距離ができてしまうなんて……。

美潮はため息をつき、汚れてもいない床をまた磨《みが》きだした。

もし自分が貴俊の立場なら、失った記憶を少しでも早く思い出したいと思うのに、貴俊はまるで知りたくなさそうな様子。自分が恋人だったことを認めたくないように思えて、それがなによりもつらい。

頭の中は貴俊のことでいっぱいで、仕事が手につかない。でも、なにかしていないと落ち着かなくて、慶一がラジコンのショベルカーでブロックを運び、ひたすらラボの隅に積み上げているそばで、カラー粘土を無為《むい》にこねくりまわしている。

「楽しんでますかぁ?」

慶一に顔を覗き込まれ、美潮ははっと我に返った。

トイ・クラスタのモットーは、『楽しくなければ仕事じゃない』。まじめにやれとか、しっかりやれとか、そういう言葉は聞いたことがない。

その逆に、努力しすぎていると感じたら、遊び心を忘れてよけいなことに執着している証拠だから、立ち止まって修正するようにと注意を受けてしまう。

ついでにいえば、事業を広げすぎないことや、会社そのものが面白くなくなってきたら解散することなど、ちょっとびっくりな決まりごともある。

「今から、楽しみます」

力を抜くために、美潮は両肩を軽く上下に振った。

「いい子だ」

慶一が頭をなでたので、美潮はきゅっと眉を寄せた。

末っ子体質で可愛がられるのは慣れているし、彼氏にそんなふうにされるのは好きだけれど、学生じゃないんだから、いつまでも職場で子供扱いなのはさすがにちょっと……。

「慶さん、おれあと二ヵ月ちょっとで二十一になるんでよろしく」

美潮がきっぱりと言うと、慶一は眼鏡を中指で持ち上げながら笑った。

「早くもプレゼントのリクエストか？　いいなぁ、子供は無邪気で」

「違いますって。そういう意味で言ったんじゃ……」

あわてて訂正しようとしたら、階段を駆け上がってくる足音が聞こえ、

「慶一、シオ！　一ヵ月待ちだった、開国堂《かいこくどう》のバターケーキが届いたってさ」

秀が扉を開けて入ってきた。

トイ・クラスタのスタッフの共通の趣味は、お取り寄せグルメの試食会。自分は通販には興味はなく、食べ物でも服でも、自分の目で見て手にとって気に入ったものしか買わないほうだったのに、ふと気がつけば、買いに行かなくてもいろんなものが手に入るお取り寄せというシステムにすっかりハマっていた。

「手が離せない状態じゃなかったら、泰人がさっそく試食しようかって」

お茶の時間なんてあってないようなもので、お取り寄せグルメが届くと、仕事を放り出してみんなでミーティングルームに集まってしまう。

「いいな。ちょうど頭休めたかったとこだ」

ラジコンのショベルカーで遊んでいただけなのに？　思わずつっこみたくなるけれど……。

これも仕事のうち。遊んでいるように見えても、慶一も秀も仕事量は半端《はんぱ》じゃない。

尊敬する先輩たちといっしょに、美潮は足取りも軽く階段を降りていった。

「わ、きれーな色。いい匂い。おいしそう」

シンプルだけど素材を厳選した大きくて丸いケーキを前に、美潮が目を輝かせていると、あとからやってきた貴俊が、席に着きながら可笑《おか》しそうに笑った。

今さらなにをと思ったが、貴俊は自分がスイーツに目がないことを知らないんだった。

貴俊が思い出してくれるまでのあいだ、こんな些細《ささい》なことでさえ、ひとつひとつあらためて知ってもらうしかないらしい。

恋に落ちたふたりが、お互いの好き嫌いを分かちあうのは楽しいけれど、気のない様子の相手に対して、自分の嗜好《しこう》をあれこれアピールするのはどうなんだろう。

『そんなに苺《いちご》が好きだったのか。もしかして、それで俺に惚《ほ》れたとか？』

つきあい始めた頃、冗談っぽく言っていたけれど、苺が好物《こうぶつ》だってことをいつも気に留めていて、生の苺だけでなく、冷蔵庫の中に苺ジャムや苺のスイーツを入れておいてくれていた。

本当ならば、今もそうだったはずなのに……。

「本日のお茶はハニーブッシュのファーストフラッシュ。爽《さわ》やかな甘みを、ストレートでご賞《しょう》味《み》あれ」

甘い湯気《ゆげ》がふわりと香り、美潮ははっと我に返った。

シンプルなバターケーキに似合うティーセットを用意して、泰人が丁寧《ていねい》に紅茶を注《そそ》いでゆく。

「イマイチわかんないけど、紅茶の名前からしてうまそう」

秀の言葉に、貴俊が大きくうなずいた。

「たしかに、ネーミングの印象は大事だな」

「俺は、飲み食いするものは、味さえよければ名前なんかどうでもいいけどな」

わざわざ慶一が味気ないことを言ったが、

「はいはい、お好きなように味わってくださいな」

ケーキを切り分けながら、泰人は笑顔で受け流す。

泰人に、どうしたらそんなふうに寛容になれるのかと訊いたら、これも仕事のうちだとさくっと答えたので驚いたことがある。貴俊に話すと、泰人は戦略の天才だからと笑っていた。

学生時代からの仲良し四人組の関係は、新米《しんまい》の自分にはまだまだわからないところがあるけれど、この会社に入れたことと、ユニークでやさしいスタッフに恵まれたことを、最近になってあらためて感謝する日々だった。

「こんどはなに取り寄せるかなぁ。チャレンジしてみたいもの、多すぎて選べないんだよなぁ……」

ケーキを頬張《ほおば》りながら、秀は早くもつぎのターゲットに思いを馳《は》せているらしい。

「スイーツや飲み物もいいけど、たまにはごはんの友ってのはどう？　全国のごはんの友そろえてるショップ見つけたんだ」

泰人が提案すると、秀も慶一も貴俊も、目を輝かせてのってくる。

「トマトのふりかけと生七味《なましちみ》、いっぺんに買えるかな」

「もちろん。食べる海鮮《かいせん》ラー油《ゆ》と醤油《しょうゆ》の実も食べてみたくない？」

「けど、せっかくうまいごはんの友取り寄せても、コンビニの白飯をチンじゃなぁ……」

「大丈夫。俺、家から土鍋《どなべ》持ってくるから」

「泰人、土鍋でメシ炊《た》いてるんだ？」

「窯元《かまもと》から取り寄せたんだ。電気で炊《た》くのと、火で炊くのとではおいしさが違うからね」

「マジっすか。なんか、想像するだけで腹へってくるんですけど」

大の男が集まって、職場でおいしいものの話で盛り上がっている。

人の気も知らないで……と思ったけれど、いちばん救われているのは自分なのかもしれない。

貴俊が事務所に来るとほっとした顔をするのを見て、傷ついたこともあったけれど、自分も今、まったく同じ状況になっている。貴俊とふたりきりで家にいるときより、こうして会社でみんなといっしょにいるときのほうが気持ちがラクになる。

貴俊とふたりでいるときが、いちばん落ち着いて、幸せな時間だったのに……。

『タカから逃げ出さないでやってよね』

そう言ったのは泰人。なにがあってもそばにいると決めたのは自分。忘れているだけで貴俊は自分を嫌いになったわけじゃないし、明日にも思い出してくれるかもしれないし、なによりも、恋人なんだから当然のことだと思っていた。

でも最近、ふっと気持ちが揺《ゆ》らぎそうになる瞬間がある。

「なにしてるの？」

美潮が風呂から出てくると、寝室のウォークインのクロゼットの中で、貴俊がなにかを探していた。

「勝手に入ってごめん」

クロゼットの一部を間借《まが》りしているのは自分のほうだし……洋服やバッグなど、見られて困るものもない。貴俊が断りを入れる必要なんてない。

なにか大事なものが見当たらないんだろうか？　貴俊の背中は、ひどく真剣に見える。

「手伝おうか？」

「いや……大丈夫」

貴俊は振り向きもせずに答えた。

「処分したの、覚えてないだけじゃないの？」

それはつまり、記憶を失った時間のどこかでということだけれど……。

「……だよな。ないってことは……自分で捨てたんだな」

あきらめたように、貴俊がため息をつく。

いったい、なにを捨ててしまった……いや、探していたんだろう。

「大事なものだったら、捨てたりしないと思うけど……」

「たぶん、着てみたら似合わなくなってたのかもしれない」

探していたのは洋服だったらしい。そう思った瞬間、気がついた。

もしかして……。

貴俊は以前、別れた恋人にもらったものはぜんぶ処分したと言っていた。終わった恋を振り返るのは嫌いだからとも言っていた。

だけど、元恋人と別れたことを知らない貴俊にとっては、今もまだ大切なものなのかもしれない。そう思ったら、不安のような嫉妬《しっと》のようなもやもやした感情が湧いてくるのがわかった。

ポールに下がった服の中には、自分が貴俊にプレゼントしたシャツがある。明るいグリーンが似合うと思って選んだが、色が派手すぎるからと一度しか着てくれなかった。こんなに目立つ色なのに、どうしてそれがあることには気づかないんだろう。

「いろいろ大変だね、記憶なくすって」

慰める余裕もないくせに、それらしく言おうとしてヘンなことを口走ってしまった。

「めったにできない、貴重な体験だ」

苦笑いを浮かべる貴俊に、美潮も「だよね」と笑った。

「知らないあいだになくなったものもあるけど、逆に記憶ないときに買ったものとかもらったものとか、予想外のものが見つかるかも。それって、宝探しみたいでワクワクしない？」

「そうだな……」

笑ってみせる貴俊の目は、なにかをあきらめた人みたいに見えた。

貴俊の頭の中は、見慣れない派手な色のシャツに気づかないほど、捨ててしまった服のことでいっぱいになっているらしい。

でも、貴俊が探しているのは、もらった服なんかじゃない。去年の春に別れた恋人。

今、はっきりとわかった。

自分のことをまっすぐに見てくれないのも、記憶を取り戻したいという気持ちがなさそうなのも……。

タカさんの心の中に、別れた恋人がまだ住んでいるからなんだね。

3

こんがり焼いた厚めのトーストに、ほうれん草とベーコンのソテーにふんわりスクランブルエッグ。お荷物な居候《いそうろう》にも、貴俊《たかとし》は毎日おいしい朝食を作ってくれる。

居場所のない子供をやむなく引き取った、そんなふうに思われている気がして、ひたすら居心地が悪いのだけれど……。

貴俊が今、自分のことをどう思っていようと、そんなことでめげていては始まらない。とにかく、思い出してくれさえすれば、すべてもとどおりになるんだから……。

「おれ、タカさんにお願いがあるんだ」

美潮《みしお》はさりげなさを装《よそお》って、カウンターに着いた貴俊に切りだした。

「できる範囲のことならな」

話しだす前から予防線を張られてしまった。

きっと、いっしょに寝てほしいとか、そういうことを言いだすんじゃないかと警戒しているんだと思う。そんなんじゃないけど、きっと簡単にはイエスと言ってくれないだろう。

「タカさんの、元恋人に会ってほしいんだ」

美潮の言葉に、貴俊はちょっと驚いた顔をし、無言でトーストを齧《かじ》った。

「返事は？」

そのまま流されないように、きっぱりと訊《き》き直す。

「わざわざ見なくても、なにが事実かはもうわかってる。今さら、別れたやつに会ってどうするんだ」

思い当たる節《ふし》があるから、驚いた顔したんだよね？

「おれとのこと思い出したくないのって、別れた恋人がまだ心の中にいるからだよね」

「思い出したくないなんて、言った覚えないから」

「じゃあ、思い出したい？」

「……」

美潮の問いかけに、貴俊は無言でうなずいた。

積極的にはしたくないのが明らかなリアクションだったが、気にしないでつづける。

「だったら、睦月《むつき》って人に会って。もう終わった恋だってこと、ちゃんと受け入れてよ」

「受け入れてるだろ。だから、電話もしないし、会いに行こうとも……」

「まだ好きだから、会いに行けないんだよね？　もらった服、探してたんだよね？」

「……」

黙り込む貴俊を見て、ちょっと言いすぎたかと思ったけれど……。

「おれだって、こんなことしたくないよ。まだ想い残ってる人に会わせるなんて……すっごい不安だよ。でも……このままじゃ、タカさんは……」

「ああ、もう。わかったよ。行けばいいんだろ」

投げやりに返されても負けず、美潮は「そうだよ」と答えた。

仕方なくでもヤケでもいい。無理やり承諾《しょうだく》させてしまったのは気が引けるけれど、どうしてもやらなきゃ先に進めない。

今の貴俊は、失くした記憶を思い出そうとさえしてくれていないんだから……。


小雨《こさめ》模様の週末。貴俊とふたり、指定されたカフェで待っていると、

「お久しぶり」

やわらかな声とともに、貴俊の元恋人の川原《かわはら》睦月《むつき》が現れた。

きれいな女性は少し遅れてやってくるのがいい。だから、少し早めに着いて待っている。睦月の姿を見て、なぜだか秀《しゅう》がそんなことを言っていたのを思い出す。

ほんとはここへ来るまでずっと、貴俊がまだ愛している人に会わせることが、不安で仕方がなかった。好きな人の顔を見て、ますます気持ちが彼のほうへ向いてしまったらどうしよう。

何度も思っていたけれど……。

睦月が身にまとった透明な空気に、来るんじゃなかったと後悔した。線は細いのに凜《りん》とした佇《たたず》まい。大きな切れ長の目が印象的で、男性だけど美人と呼びたくなる、そんな人だった。

「久しぶり……なんだな」

隣に座っている貴俊が、今どんな表情をしているのか、見たいけれど見たくない。落ち着いているふりで、膝《ひざ》の上に置いた手をぎゅっと握りしめた。

「ほんとに、僕と別れたこと覚えてないんだ？」

対面の席に座りながら、睦月はふっと笑った。

「そういうことらしい」

人ごとみたいな貴俊の声。きっと苦笑いを浮かべている。

「どういうリアクションしたらいいんだろ。いい気味って言っていいのかな。それとも……お気の毒さま？」

「ひどいな」

「なんでそんな顔するんだよ。まさか僕とより戻したいわけ？」

「……！」

美潮は顔を上げ、思わず貴俊のシャツの腕をつかんだ。

その瞬間、睦月は小さく吹き出し、ごめんごめんと申し訳なさそうに笑った。

「タカがこんな若くて可愛い子連れてくるから、なんかちょっと、憎らしくなっちゃった」

きれいな人は、中身も可愛い人のようだ。

このふたりを会わせたことは、やっぱり間違いだった。来る途中からずっと感じていた不安が、にわかに現実感を帯《お》びてくる。

「煙草《たばこ》……よくやめられたね」

ここが禁煙席だというだけで、睦月は元彼の変化に気がついたらしい。

「可愛《かわい》い恋人のため？」

「タカさんはおれとのこと……なにも覚えてないんです。禁煙のことも……おれが恋人だってことも」

数日前、電話で話したことを、美潮はもう一度くり返す。

「あ……ごめん。そうだったよね」

わざと言ったわけではなく、うっかり口走ってしまったに違いない。

「僕と貴俊の関係が、もう終わってるってこと……貴俊に見せに来たんだったよね」

居たたまれない。睦月の言葉を、貴俊は今、どんな思いで聞いているんだろう。

貴俊に電話番号を教わり、睦月と連絡をとったのは自分。恋人の貴俊が記憶を失くし、いまだ別れた睦月のことを恋人だと思っているから、どうか事実を本人に伝えてほしい。そんな不愉快なことを、よく引き受けてくれたものだ。

でも、そうするしかなかった。それしか思いつかなかった。

黙ってしまった美潮に、睦月はわかってるというふうにうなずき、貴俊のほうを見た。

「じつは僕、少し前からいっしょに暮らしてる人いるんだ。彼……やさしいし、貴俊より料理うまいし……」

睦月は言葉を止め、ふわりと微笑《ほほえ》んだ。

「貴俊のこと、忘れさせてくれたから」

忘れたという言葉に、貴俊は苦笑いを浮かべ、「そっか」と呟いた。

「……幸せなんだな」

「悪いけど、そういうこと」

「悪くなんかない。安心した」

「ふられた男に、そういうこと言われると……なんだかなって感じ?」

目の前の元恋人たちに、微《かす》かな疎外感《そがいかん》。ふたりして、ため息をつくのを我慢しているみたいな顔をしている。

しばしの沈黙のあと、睦月が小さく笑った。

「どうせ忘れるんなら、別れたやつにしとけばいいのに。なんで、今いちばん大事な人のこと忘れたりするかな」

自分が口にしたくてもできなかった言葉を、睦月が代わりに言ってくれた。

貴俊は黙ったまま、冷めたコーヒーを見つめている。

切ないのは自分のはずなのに、他人の恋に泣きそうになってくる。

サヨナラをしたことを覚えていない貴俊は、今もまだこの人に心を奪われたまま。なのに時間だけが勝手に過ぎて、もう恋人じゃないと言われるなんて……。

自分だったら、きっと耐えられない。そんなこと、大好きな人にしてしまった。

「僕とのことは過ぎ去った出来事なんだから、さっさと今の自分、思い出しなよね。貴俊自身のためにも、可愛い恋人のためにも」

貴俊は、どんな顔をしているんだろう。

うなずいたんだろうか、それとも睦月を見つめているんだろうか……。

隣を見る勇気がなくなってしまった。

「貴俊のこと、よろしくね。この人、こう見えてけっこう寂しがりだからさ」

「……」

託《たく》されたものの、どう受けとめていいかわからなかった。

思いがけず知らされた、自分の知らない恋人のべつの顔。この人の前ではきっと、貴俊は甘えることができて、弱い自分を見せることができたのに違いない。

よりが戻ったらどうしようなんて、自分のことしか考えていなかった。どれだけ自分は子供なんだろう。悔しいなんて思う資格すらない。

答えを返せないまま、自己嫌悪に陥《おちい》っていたら……。

「君みたいな子がそばにいたら、寂しくなる暇ないか」

「え……？」

美潮は顔を上げ、訊き返すように睦月を見た。

「僕だったら、こんなこととてもできない。若いからかな……勇気あるんだね」

勇気があったんじゃなく、自分勝手だっただけ。

貴俊だけでなく、この人にもつらい思いをさせてしまった。

それなのに……。

「貴俊の記憶が早く戻るように、僕も祈ってる」

別れ際、睦月はそう言って美潮に微笑みかけてくれた。


貴俊に意地悪なことを言っていたけれど、それが逆に可愛い人だった。

睦月と別れたあと、貴俊とふたり駅に向かって歩きながら、心の中でため息をつく。

貴俊はどうして、あんな魅力的な人と別れてしまったんだろう。きっと貴俊も今、自分と同じことを思っているはずだ。

寂しげな横顔。失恋したての人みたいに見える。恋人と別れたことを証明してみせるなんて、どうしてそんな残酷《ざんこく》なことができたんだろう。

ごめんなさい。それ以外に言うべき言葉はないのに、どう声をかけていいかわからなかった。

「なんか……腹へったな」

美潮が黙りこくっていると、貴俊が口を開いた。

こんなときに、お腹すくんだ？　美潮がちょっと呆《あき》れつつ見上げると、

「なに食いたい？」

恋人だったときみたいに訊いてくれた。

おれの好きなもの、当ててみて。そう言おうかと思い、とっさに引っ込めた。

さすがにそれは不謹慎というものだ。

「今日はおれがごちそうする。なに食べたい？」

逆に美潮が申し出ると、貴俊はふふんと鼻で笑った。

「ガキに奢《おご》ってもらう趣味ないから」

「たまにはいいじゃん。今日はおれが無理やり誘ったんだし……」

「俺、おまえにまだなにも奢ったことないし、今日だって無理やり来たわけじゃないから」

「忘れてるだけで、いっつもおれ奢ってもら……え？」

無理やり来たんじゃないって、言った？　ほんとに？

訊き返すように顔を見つめたら、

「適当にそのへんの店、入るぞ」

貴俊はきまり悪そうに目をそらし、さっさと歩きだす。

「じゃあ、ゴチになりまぁす」

いつもの貴俊と同じ言い方だったから、いつもの自分になって……甘えてみた。


さっき入った店は雑貨屋みたいな小洒落《こじゃれ》たカフェだったが、貴俊が選んだのは、レトロな雰囲気が落ち着く老舗《しにせ》の洋食屋。貴俊はシェフお勧《すす》めのビーフシチュー定食、美潮はあれこれ迷ってハンバーググラタンをオーダーした。

「すっごいおいしい。ここ入って正解だったね」

美潮が目を輝かせると、

「まぁまぁだな」

うまそうに食べながら、貴俊は気のない返事を返す。

「また、そういうこと言う」

「……」

貴俊が答えに困るのを見て、しまったと思ったが遅かった。

食べものでも人の作品でも、とりあえず『まぁまぁ』と言うのは、出会う以前からの口癖《くちぐせ》だが、自分が『また』と言うとひどく違和感を覚えるらしい。

「ごめん。おれのこと忘れてるって、すぐに忘れちゃう」

「いいさ、今までどおりにしてれば」

表情を変えず、貴俊はグラスの水を飲んだ。

敬語のときも、今までどおりでいいって言ってくれたけど……。

「今までどおりなんて、考えなしに言わないほうがいいよ。タカさんにとってはただの新入社員でも、おれにとっては違うんだから」

「ただの新入社員だなんて思ってない」

「すごく困った存在……だもんね」

「……」

貴俊は一瞬言葉につまり、すぐに「お互いさまだろ」と言った。

「そうだよね。タカさんも困ってるけど、おれもけっこう困ってるもんね」

「……」

美潮のつぶやきは、ひとり言みたいに空気に溶けていった。

久しぶりのデートみたいで嬉しかったのに……。

貴俊はどこか上の空。窓を伝う雨のしずくを見つめたまま、また黙り込んでしまう。

誰のことを思っているのかなんて、考えなくてもわかる。

恋人なのに片想い。

いっしょにいればいるほど、そんな気分にさせられる。

食べ終わった食器が下げられ、貴俊のコーヒーを待つあいだ、年配の女性ふたりが嬉しそうに大きなパフェを食べているのを眺めていたら、

「食いたいなら、頼めよ」

貴俊がふいに口を開いた。

うらやましくて見ていたわけじゃない。心がここにいない貴俊を見ているのが、つらかったからだけれど……。

「いいの？」

空気を変えるきっかけが欲しくて、喜んでいるふりをした。

遠慮なく食いついてくるのを見て、貴俊は苦笑いを浮かべている。

ガキだなと思っただけかもしれないけれど、笑顔を見せてくれてほっとした。

「この苺《いちご》、デカくない？　あまおうかな」

フルーツ満載のパフェを前にして、ふりじゃなくワクワクしてしまう。

「さぁ……苺の品種《ひんしゅ》まではよく知らないからな」

けれど貴俊は、興味なさげな顔をする。

「おれね……」

言いかけてやめた。

苺が世界一好きになった朝の出来事は、とりわけ大切な思い出。苺が大好きなことだけは、どうしても貴俊自身に思い出してほしい。そう思ったからだった。

「なんだ、言いかけてやめるなよ」

「ナイショ」

「おまえ、ほんとに二十歳《はたち》なのか」

貴俊は、呆れながらコーヒーをひと口飲んだ。

「タカさんこそ、まだ三十なのにオヤジっぽいよ」

「えっ……ど、どこが?」

あわてる貴俊に、美潮はくすっと笑った。

「ほんとはパフェ食べたいのに、カッコ悪いとか思ってるとこ」

「思ってたら、頼めって言わないだろ」

「そうだよね?」

美潮はにやりとし、通りがかったウェイターに、スプーンをもうひとつ持ってきてくれるように頼んだ。

「見てるだろ」

人目を気にして、貴俊が小声で言う。

「人にどう思われるかなんか気にしてたら、新しい発想は生まれない。そう言ってたじゃん」

「……」

言った記憶がなくても、自分の中にある信条を言い当てられたら否定はできないだろう。

それに、ひとつのパフェを男ふたりで食べるなんて、大人な貴俊には恥ずかしいかもしれないけれど、スイーツ男子もいっぱいいるし、男子だけでスイーツ食べてる光景だって珍しくもない。恥ずかしいなんて思うのは、もう古いよ。

「フルーツもアイスもおいしいけど、コーンフレークじゃなくてブラウニーが入ってるのがいいよね？」

「まぁまぁだな」

「そればっか……」

ヤケになってパフェをつついている貴俊に、美潮はくすくすと笑った。

フルーツ満載のパフェがふたりのあいだに来ただけで、とくに会話が弾《はず》まなくても、気まずい空気がほどけ、気持ちが浮上《ふじょう》してきた。

貴俊も笑顔を見せてくれたし、さっきみたいにはもう沈んでいないように見える。

ここへ来る道すがらの後悔は、ちょっと悩みすぎだったかもしれない。

トイ・クラスタのお茶の時間は、趣味も兼ねているけれど、ほんとはそれだけじゃない。

頭であれこれ考えるよりも、みんなでおいしいものを食べてリラックスしよう。そういう趣旨がある。そんなことで、いいアイディアが浮かぶなら苦労しないんじゃない？　最初はナイと思ったが、やってみたらほんとにほんとのことだった。

「あ……」

「なんだよ？」

早くもグッドアイディアが閃《ひらめ》いたけれど、今日はさすがに言いだしにくいから、二、三日経《た》ってから打ち明けよう。

「なんでもない」と答え、美潮は大きな苺を頬張《ほおば》った。

デートをした思い出の場所に行って、その場の風景を見ながら、おいしかったものをいっしょに食べる。それだけのことだけど……五感で、身体じゅうで、そのときと同じものを味わうことで、記憶を呼び覚ますことができるかもしれない。

「やっぱまだ、あの人のこと想ってるのかな……」

バスタブに浮かべたポップな水玉模様《もよう》のアヒルに向かって、美潮は冗談っぽくつぶやいた。

そろそろいいかと思い、貴俊に思い出の場所でデートをしないかと持ちかけたが、仕事にかこつけてなかなか時間をつくってくれない。反対はしなかったものの、どうやら気持ちが引けているらしい。

一刻も早く、もとのふたりに戻りたい。そう思ってくれているのなら、忘れたことを思い出したくて、どうにかしようと努力するはずなのに……。

「どうしてなんだと思う？」

呑気《のんき》そうに浮かぶアヒルのくちばしを、美潮は指先でつついた。

風呂場に持ち込んだのは、愚痴《ぐち》を聞いてもらいたかったわけでも、もちろん遊びたかったわけでもなく……貴俊がなにか思い出してくれないかと思ったからだった。

貴俊が初めて褒《ほ》めてくれた企画。出しても出してもボツばかりだったから、ＧＯサインが出たときは嬉しくて涙ぐんでしまった。

あのときの、貴俊の困ったみたいな顔が可笑《おか》しくて、泣きながら笑ってしまって怒られた。

その後、銀座の老舗百貨店のディスプレイに使われることになり、真夜中のショーウィンドウの中、ふたりきりでカラフルなアヒルにまみれながらがんばった。あのとき、貴俊が買ってくれた紙コップのココアの味を今でもはっきり覚えている。

そんな大事な思い出がぜんぶ、消えてしまったなんて信じない。

ちゃんと貴俊の中にあって、でも、今はちょっと忘れてしまっただけだと思いたい。せっかくふたりで暮らすことになったのに、他人のまま時間が過ぎていくのは耐えられない。

だから、貴俊にも積極的に協力してほしい。

なんて思うのは、わがままなんだろうか……。


「思い出デートねぇ……効果はあると思うけど、またずいぶんと可愛いネーミングだな」

慶一《けいいち》に笑われ、美潮はきゅっと眉を寄せた。

本日のお取り寄せスイーツは、雪のようなバタークリームが最高においしいと、巷《ちまた》で噂のジヤーマン・クランツ。せっかくおいしいケーキを食べているのに、水を差さないでほしい。じゃなくて……。

「おれ、真剣に努力しようとしてるんだから、そういうこと言わないでください」

貴俊が外出中なのを見計《みはか》らって、秘策を打ち明けたのに、

「デートするのはいいけど、努力ってのはおすすめしないな」

慶一にさらにダメ出しをされる。

「トイ・クラスタの仕事と、恋をいっしょにしないでください」

「同じだろ、仕事も恋も。努力なんて言葉掲《かか》げてると、人生がこんがらがってくるぞ」

「じゃあ、適当にやったらうまくいくって言うんですか?」

思わず、むきになって訊き返してしまった。

「俺がタカの立場だったら、努力で来られるより、いっしょに楽しもうってノリのほうがあり

がたい。ていうか、ほっといてもらえるのがベストだな」

しれっとした顔で、慶一は嬉しそうにケーキを口に放り込む。

ほっといてほしいなんて、それのどこが恋愛なんだろう。相談相手を間違えたと、美潮はあからさまにため息をついた。

「アドバイスするのはいいけど、おまえの特殊な恋愛観、シオに押しつけるのやめろよ」

コーヒーをすすりながら、秀《しゅう》が助け舟を出してくれた。

「やっぱ、恋はアクティブでなくちゃな」

そのとおり！　と思ったのも束《つか》の間《ま》、

「俺がタカだったら、慕《した》ってくれてる可愛い子がいるんなら、終わった恋のことは置いといて、とりあえず試食……いや、デートしちゃうけど、タカはまじめだからな」

「……」

自分ががんばるって話が、どうしてとりあえず試食になるんだろう。

「俺が思うには……タカは、シオちゃんのことが気に入らないんじゃなくて、失恋気分がまだ燻《くすぶ》ってるのにデートデートって言われて、気乗りがしないだけじゃないかな」

泰人《やすひと》の言葉に、美潮は「あっ」と小さく声をあげる。

帰りのレストランでデート気分になり、これこそが記憶を取り戻す最善の方法だと思ってしまったけれど……。

「おれ……なんか焦《あせ》ってて、無神経なこと言ったのかも……」

「そんなことないよ。思い出辿《たど》るデートっていうのは、悪くないと思う。ただ、ちょっと持ちかけるのが早かっただけで」

「若いんだから、そりゃ焦るって。目の前に彼氏がいるのに、ちっともかまってもらえないのって、いろいろ溜《た》まってくるもんなぁ？」

秀にからかわれ、一瞬むっとしかけたが、たしかにそうかも……と思い直す。

そういう悩みがあってもいいはずなのに、貴俊に忘れられたことでいっぱいいっぱいで、それどころじゃなかった。でも、冷静に考えてみれば、秀の言う『いろいろ』というのは、これから先に、間違いなく出てくる問題なのに違いない。

美潮が小さく吐息をつくと、

「会って確かめてるし、自分でふったんだ。そういつまでも引きずらないだろ」

煙草をくわえながら、慶一が笑った。

「心配しなくても、そっとしとけばそのうちデートしようって言いだすよ。恋人だったこと知ってるんだし、タカの中身はなにも変わってないんだから」

泰人はふわりと微笑み、慶一の口から煙草を取り上げた。

「そうそう。でも……タカのことが待ちきれなくて、どうしても我慢できなくなったら、そのときはわたくしまでご一報くださいな」

「何度も言うようですけど、それだけはお断りします」

美潮がきっぱりと断ると、

「お、いつものシオに戻った」

秀は眉を上げて笑った。

これでも一応、秀なりに元気づけてくれているらしい。もちろん、泰人も慶一も……。

トイ・クラスタは、職場だけじゃなくプライベートでもチームだからと、正社員になったときに言われて、おかしな会社だと思ったけれど、こんなとき、ほんとにありがたいと思う。

だからといって、みんなそれぞれやることがあるのだから、あんまり心配をかけないようにしなくちゃいけない。そう反省したとき、

「俺のいないあいだに、なに四人でうまそうなもん食ってんだよ」

噂をされていたなどと知りもせず、問題の人物が帰ってきた。

「お帰りなさい」

美潮が声をかけると、貴俊は「ああ」と答え、隣の椅子に腰を下ろした。

今までなら、真っ先に『ちゃんと仕事してるか』と話しかけてくれていたのに、目も合わさない。朝食のときにも、思いっきり新聞を広げていたし……。

やっぱり、デートのことなど持ちかけないほうがよかったのかもしれない。

心の距離を縮《ちぢ》めようと思ったのに、泰人の言うとおり、焦りすぎて逆効果になってしまった

気がする。

「お疲れさま。タカのぶん、とってあるよ。今コーヒーいれるね」

「サンキュ」

けして自分には見せてくれない貴俊の笑顔に、美潮はなるほど……と目が覚めた気がした。

泰人を見習って、自分の気持ちばかりを押しつけず、相手の気持ちを考えることを少しは覚えなくてはいけない。


「あっ……」

美潮は小さく声をあげ、あわてて床にしゃがみ込む。

遅く帰ってくる貴俊のために、たまには夕飯でも作って待っていよう。などと、似合わないことをしたのが間違いだった。

食器を取り出そうとして、ペアのマグカップのひとつを壊《こわ》してしまった。

割れたのは、貴俊が使っていたほうだった。

ただのケアレスミス。食器は使っているうちに割れることもある。

だけど、今の自分にとって、なによりも大事なのは貴俊と共有していた思い出。半分に割れたカップがまるで、ふたりの関係を暗示《あんじ》しているようで泣きそうになった。

美潮は自分のカップを取り出し、思いっきり床に叩きつけた。

残されたカップを見るたびに、きっと今感じている痛みが蘇《よみがえ》ってくる。そう思ったら、割らずにはいられなかった。

でも、すぐに後悔した。

お洒落《しゃれ》でも上等なものでもないけれど、ふたりで大切に使っていたカップ。うっかり壊してしまったほうも、故意《こい》に割られたカップの残骸《ざんがい》も、どっちも哀《あわ》れに思え、よけいに悲しくなってくる。

ペアのカップをふたつとも割るなんて、きっとわざとやったと思われるだろう。半分は本当だけれど、最初のはただの事故。貴俊に誤解されたくない。

あわてて割れたカップを片づけようとしたが、

「痛…っ…」

指先に鋭《するど》い痛みが走り、破片《はへん》で指を切ってしまった。

さっと赤い糸のように血が滲《にじ》み出《だ》し、フローリングの床にぽたぽたと滴《したた》った。

痛みを忘れて見つめていると、協力してくれようとしない貴俊に、本当は自分が怒っていたことに気がついた。

泰人の気遣いを見習おうと思ったばかりだったのに、こんなに呆気《あっけ》なく挫折《ざせつ》するなんて……。

情けなくて、痛くて……泣きたいはずなのに、なぜか笑ってしまった。

「料理、作ろうとしてたのか?」

救急箱を片づけながら、貴俊がやれやれというふうに息をつく。

床に座り込んでいたら、予定より早く帰ってきた貴俊が、急いで手当てをしてくれた。

「怒んないでよ」

ソファの上で膝《ひざ》を抱《かか》えたまま、美潮はふてくされた顔をする。

沈んだ顔を見せたら、カップを割ったことが必要以上にシリアスになってしまいそうだったから……。

「いきなり失敗しちゃったけど……タカさんにばっかさせてるから、たまにはって……」

ぼそぼそと言い訳をしたら、貴俊は「怒るわけないだろ」と笑顔で遮《さえぎ》った。

「俺料理できるから……同居人に作ってもらうって発想がなかったけど、泰人みたいに好きで好きでってのとも違うから、誰かが作ってくれるってけっこう嬉しいもんなんだなってさ」

そんなふうに許されると、どうしていいかわからなくなってしまう。

「でも、結局できなかったし……」

「俺が帰り遅いとき、気が向いたらまたなにか作ってくれよ。目玉焼きとかフレンチトーストとか、簡単なものでいいからさ」

「それって朝ごはんっぽくない？」

「夜に朝メシ食っちゃいけないなんて、誰が決めたんだ？」

いかにも慶一が言いそうな、貴俊らしくないセリフ。

気を遣《つか》ってくれているのが痛いほどわかる。

なのに、大事なひと言をどうしても言うことができない。

「つづき、俺が作るから。座ってな」

貴俊は美潮のつけていたエプロンをはずし、中断された料理を引《ひ》き継《つ》いだ。

ペアのカップをふたつとも割ってしまったことについても、貴俊はなにも訊かず、傷の手当てをしてくれて、また料理を作ってほしいと言ってくれた。

それでも、やっぱり……。

いつまでも、忘れてほしいことを忘れてくれなくて、思い出してほしいことを思い出そうとしてくれない貴俊に、素直にごめんなさいを言うことができなかった。


夜中、眠れなくて水を飲みに行こうとしたら、リビングの明かりは落ちていたが、貴俊はソファで眠り、ノートパソコンのディスプレイだけが仄明《ほの》るく光っていた。

貴俊がデザインした、可愛いペンギンのキャラクターのスクリーンセーバー。ちょこちょこ動き回るたびに、いろんな国の文字で節電《せつでん》とつぶやきながら南極の氷の上を歩き回っている。

「いつも節電しろって言ってくるくせに……」

美潮はマウスをクリックし、パソコンを閉じようとしたが、

「……！」

開いた画面を見て、思わずはっと息を呑《の》んだ。

貴俊が見ていたのは、記憶喪失《そうしつ》のことがびっしりと書かれたサイトだった。

その瞬間、八つ当たりでカップを割ったことや、感情をもてあまして謝れなかったことが一度に蘇り、胸がきゅっと痛くなった。

涙が浮かんできたが、美潮は唇を噛《か》んで堪《こら》えた。

どれだけ、ガキなんだろう……。

我慢しているのがまるで自分だけのように、貴俊を責めていた。自分のことを忘れられた寂しさや憤《いきどお》りを抱えているのが苦しくて、早くなんとかしたいと、そればかり考えていた。まるで自分が被害者で、貴俊のせいでこんな気持ちにさせられているみたいに……。

ずり落ちそうになっている貴俊の毛布をそっとかけ直すと、パソコンはそのまま、静かに寝室に戻った。

ベッドに横たわり、携帯電話を開くと、

「ごめんね……」

写真の中の貴俊の笑顔に向かって、美潮は心から言った。

記憶を失い、環境が突然変わってしまった貴俊のこと、ちっともわかっていなかった。常に自分目線で、貴俊がどんなふうに世界を見ているのか、思いやってあげられなかった。

なのに貴俊は、そんな自分をまるごと許してくれていた。

これからはもう、早く思い出してなんて言わない。思わない。

自然に思い出してくれるまで、そばにいさせてくれるだけでいい。

ひとりで眠るのが寂しいなんて、自分勝手なことも……。


焦《あせ》っていた気持ちを手放すと、少し気持ちがラクになった。

ひと雨ごとに暖かくなり、木々の緑が一気に芽吹《めぶ》いてくるのに合わせて、閉じこもっていた気持ちまでもが解放されるような気がする。

やっぱり、必死になりすぎていた。楽しまずに努力してるのは勧《すす》めないと、慶一にアドバイスされたときに、素直に従《したが》っていればよかった。

喜んでくれることをしたら、貴俊がデートをしてくれるかもなんて、下心みたいな思いから、形ばかり泰人の真似をしようとして、大切なカップを失ってしまった。

子供っぽい自分の振る舞いを恥ずかしく思い出しながら、仕事の打ち合わせに出かける準備

をしていたら、

「おい、なにやってんだ。時間だぞ」

貴俊に急《せ》かされ、よけいに焦ってくる。

トイ・クラスタのオリジナルのクリスタルブロックで、ショーウィンドウのディスプレイを飾ってほしいという発注を受け、これからデザイナーズブランドの担当者と会うことになっていた。

「このジャケットのファスナー、いつもうまくかかってくれないっていうか……」

デザインと色が気に入って愛用しているけれど、上からも下からも開閉《かいへい》できるタイプのファ
スナーは、不器用な自分には向いていないらしい。

ドアのところから貴俊がにらんでいるのがわかるから、ますます焦ってしまう。

「ちょっと待って……」

顔を上げたら、目の前に貴俊がいた。

「見せてみろ」

うざったそうに言いながら手をのばし、なんなくファスナーをかけてくれる。

その瞬間、なにか思う間もなく、目から涙がこぼれ落ちた。

「な……なんだよ」

驚いた顔をする貴俊に、あわてて手のひらで拭《ぬぐ》ったけれど、勝手に涙が出てきてしまう。

「タカ、出がけになに泣かしてんだよ」

秀に咎《とが》められ、貴俊はわけがわからないという顔になる。

「誰が泣かしたんだよ。俺はただ、ファスナーを……」

困らせちゃいけない。そう思うのに、胸の奥から嗚咽《おえつ》がこみあげてくる。

こんなこと初めてで、自分でもどうしていいのかわからない。

ファスナーをうまくかけられなかったりボタンをかけ間違えていたりすると、貴俊が直してくれていた。ただそれだけのことだったのに……心の深いところになにかがふれて、感情を抑《おさ》えられなくなってしまった。

「タカさんがよく、こんなふうにしてくれてたから……ごめんなさいっ」

涙が治《おさ》まると、泰人が渡してくれたティッシュボックスを抱《かか》え、美潮は頭を下げた。

「え……?」

スタッフといっしょに、貴俊本人も驚いた顔をしている。

「マジですか。タカさんが、恋人にはそんなことまでなさるとは」

秀がからかうと、貴俊はいつものように「覚えがない」と否定する。

「覚えがないのは記憶喪失だからで、してないってことにはならないからな」

慶一につっこまれても、

「どう考えても、俺がそんなこと……」

貴俊は受け入れたくないようだった。

「今したじゃん。俺らの目の前で」

秀のひと言にはっとなり、貴俊は黙ってしまった。

自分のしたことが、貴俊を追いつめることになったのかもしれない。

「頭は忘れてても、身体は覚えてるってやつだな」

「慶さん、もうやめて……」

思わず止めようとしたが、

「事実は事実。受けとめないとな……」

貴俊は苦笑いを浮かべ、美潮の額《ひたい》を軽く叩いた。

「行けるか？」

「は、はいっ」

美潮は大きくうなずき、お騒がせしましたと、もう一度スタッフに頭を下げた。

「いいな？　クライアントの前では俺にタメ口きくな。それから、そのジャケットは脱ぐんじゃないぞ」

貴俊に命じられ、美潮は「わかってます」と笑顔で答えた。

事務所の屋上で、夏には私設《しせつ》ビアホールにも使われるテーブルに着き、美潮はひとり黙々《もくもく》と、木製パズルの試作品にサンドペーパーをかけていた。

秀の作った風見鶏《かざみどり》が、強気な春風に翻弄《ほんろう》され、せわしなく向きを変えている。

気まぐれに見えるその仕草が、浮気っぽい製作者にそっくりだとみんな言うけれど……今日はなんだか、貴俊の言動に一喜一憂《いっきいちゆう》している自分みたいに思えてしまった。

どうしてスタッフのいる前で、泣いたりしたんだろう。

三日経った今も、それが不思議で仕方ない。

貴俊が事故に遭ってからずっと、何度も泣きたいことはあった。それでも泣かずに我慢してきたのに、たかがあんなことで……。

「こんどの週末、出かけようか」

「え？」

ふいに声をかけられ、美潮は驚いて振り向いた。

「泰人がお茶するから、降りてこいってさ」

貴俊の笑顔に、美潮は戸惑い、

「あの、今の……出かけるって……どこに？」

さっきかけられた言葉の意味を確かめる。

「そりゃ、まずは初めてふたりで行ったところだろ？」

「……」

もしかして、それって……。美潮は訊き返すように貴俊を見つめた。

「なんだよ。自分で言ってたじゃないか。ふたりで行った場所でいろいろ感じて、思い出話したら記憶が戻るかもしれないって」

どういう心境の変化だろう。

あんなに避けていたのに、貴俊のほうから出かけようと誘ってくれるなんて……嬉しいけれど、なんだか素直に喜べない。

記憶喪失のサイトを見ていたのも、自分がカップを割ったりしたせいだ。

貴俊自身がほんとに思い出したいと思っていないのなら、デートをしても意味がない。

「おれが泣いたりしたから……無理して、そんなふうに言ってんじゃないの？」

美潮は、正直な気持ちを口にした。

「今のままじゃ、俺だって居心地悪いんだよ」

好きでもないやつと同居してるのが？　思わず、どきんとなる。

「ここしばらく、俺の恥ずかしいあれこれ、身に覚えないのに職場で暴露《ばくろ》されてるだろ。前もって知っとかないと、立場ないっていうか……ふたりしか知らないこと、あいつらにバラされて困ることだってあるんだよ」

そういうことか……。

美潮は手すりを抱え、ほっと小さく息をつく。

「みんなの前で言われたら恥ずかしいこと……いっぱいあるもんね」

「いっぱい……?」

美潮が笑うのを見て、貴俊は眉をひそめた。

「おれ的には嬉しいことでも、タカさんには……そうじゃないかなってことだけど」

「もしかして俺、おまえに弱み握《にぎ》られてる立場なのか?」

「え? あ、そっか。ぜんぜん気づかなかった。いいこと聞いちゃった」

美潮が冗談っぽく言うと、貴俊は無言で額を押さえた。

ずっと我慢していた涙を、思いがけないところで見せてしまったことで、ヘンに気遣っていたのが溶けていった気がする。

「ひとつ、質問していいか?」

美潮の隣に来て、貴俊が手すりに背中をもたせて寄りかかった。

「俺とおまえがつきあってること、なんでみんな知ってんだ? まさか、俺が自分で公表したんじゃないよな?」

「そうだよ」

「……」

貴俊は固まり、ありえないというふうに空を仰《あお》いだ。

記憶を失ってからこっち、何度この表情を見ただろう。美潮は小さく吹き出した。

「おまえな、俺は真剣に訊いて……」

「公表はしてないけど、バラしたのはタカさんだよ」

「どういう意味だよ」

「ここで、タカさんにつきあおうかって言われて……」

「誰かに聞かれたのか？」

美潮は首を横に振った。

「キスしてるとこ、見られちゃった。ゼブラチェアの試作品、サンディングしに来た秀さんと慶さんに」

「……」

貴俊はまた、さっきと同じ顔になる。

もっとほかに違うリアクションないんですか？　美潮は苦笑いを浮かべた。

「だけど、ふたりとも驚いてなかったよ。ああ、やっぱりねみたいな顔で、お邪魔しましたって降りてったんだ」

美潮が肩をすくめてみせると、貴俊はため息をつき、「煙草吸いてー……」とつぶやいた。

「先が思いやられるね。嫌だったら、無理しなくていいよ。煙草もデートも」

美潮は、心からそう思って言った。

あんなに嫌がっていた貴俊が、自分から行くと言ってくれただけでもう十分だった。

「行くって言っただろ」

「無理してない？」

「しつこいんだよ」

何度も同じことを訊いて、怒られてしまったけれど……。

楽しげに回る風見鶏の軽《かろ》やかな音。夏の気配を含んだ、さわやかな風。

額をつつく仕草がやさしくて、ほんの少しだけ、貴俊との距離が縮《ちぢ》まった気がした。

4

正しくはデートじゃないけれど、天気は上々、ワクワクが止まらない。

仕事以外で貴俊《たかとし》と出かけるのは久しぶりだったし、それにもうひとつ、思いがけなく嬉しいことがあった。

「あのさ……そのシャツ、どこで買ったの?」

助手席でシートベルトをかけながら、美潮《みしお》は隣の貴俊に訊《き》いた。

「覚えないけど、たぶんここ一年のあいだに買ったんだろ」

車を発進させ、貴俊は前を向いたまま答える。

「そういうの、タカさんの趣味?」

ケチをつけたかったわけじゃない。純粋に、趣味かどうかが知りたいのだ。

「ちょっと派手だけど、着てみるとあんがい似合うんだな、こういう色」

貴俊の言葉に、ちょっと泣きそうになる。

「ありがと」

「ん？」

「おれがプレゼントしたってわかって、着てくれたんだね」

「あ……そうなんだ。シオがくれたんだ」

「……」

美潮は思わず、貴俊の顔を見た。

惚《とぼ》けたふりをしているけど、わかってなきゃ着ないよね。

それだけでも、嬉しかったのに……。

おいとかおまえとか言っていた貴俊が、記憶を失ってから初めて、シオと呼んでくれた。

「タカさんってば、なんだこのメロンみたいなシャツはって言ったんだよ。俺には派手すぎるって、外に着てってくれたことなかったし」

舞い上がっているのを隠し、貴俊がこのシャツを好きで着たんじゃない証拠をつきつける。

「ずいぶんと失礼な話だな」

どんな返しをするかと思ったら、人ごとみたいなことを言って笑っている。

「それ、本気で言ってる？」

「知らないのか。メロングリーンはこの夏のトレンドなんだよ」

あくまでも素直に白状する気はないらしい。

ほんとはやさしいくせに、遠まわしにしか表現できない。でも、そういうところを好きになってしまった。

美潮は、貴俊の横顔をちらりと盗み見る。

趣味じゃないのにシャツを着てくれた。名前を呼んでくれた。

今日の貴俊は、まるで恋人だった頃みたいで……なんだか、どきどきしてしまう。


新しい季節のキラキラした気分をのせて、穏《おだ》やかな波が足元まで寄せてくる。

前に鎌倉《かまくら》に来たのは秋。同じ場所なのに、春の海はまるで違って見えた。

あのときは肌寒くて、人気《ひとけ》も少なかったから、波打ち際《ぎわ》をどこまでも、寄り添いながら歩いたっけ……。

「もしかして、なにか思い出した？」

貴俊が遠い目をしているのに気づき、美潮はわざと訊いてみる。

「あ、いや……なにも」

嘘ばっかり。心の中でつぶやいた。

「おれじゃない誰かと、ここ来たときのこと思い出してたよね？」

美潮がつっこむと、貴俊は言葉につまり、足元の砂をつま先で蹴《け》った。

「な、夏に……家族と海水浴で来たんだよ。小学生のとき」

「嘘だね。家族とのこと思い出すのに、そんな顔しないもんね」

「……」

そのとおりだと思ったのか、貴俊は観念したようにふっと息をつき、ぼそぼそと告白する。

「言っとくけど、恋人とかじゃないからな。高校の頃、女の子ナンパするために親友といっしょに来たんだよ」

「それって、女の子目当てじゃなくて、親友の彼といっしょに来たかったからだったりして」

「……！」

驚いてる驚いてる。笑いを堪《こら》えながら、美潮は種明《たねあ》かしをした。

「なんて……うそ。タカさん、ここでそのこと話してくれたんだ」

「なんだ……」

脱力したかと思ったら、こんどは急に驚いた顔になる。

「ほんとにそれ……俺が話したのか？」

「そうだよ。親友が海の家でナンパした子に夢中になってるの見て、悔しいからその子誘惑して奪《うば》ってやろうかなんて思ったけど、実行はできなかったんだって……若気《わかげ》のいたりとかなんとか、照れくさそうに教えてくれた」

「そんなことまで……」

貴俊は呆気《あっけ》にとられ、マジかよ……と額《ひたい》を押さえた。

自分しか知らないはずの思い出を語られるなんて、いい気はしないよね。たとえそれが自分の言った言葉だとしても……。

「無理して女の子ナンパしてるタカさん、見てみたかったなぁ」

でも、この計画はまだ始まったばかり。貴俊に嫌がられても、思い出語りはやめられない。というより、しなくちゃいけない。

「覚えてるわけないだろ、そんな昔のこと」

「一年前のことも忘れちゃったくらいだもんね。あ……ごめん」

気がつけば、記憶を失くしたこと、冗談にできるようになっている。思いつめすぎていたのを手放したのが、やっぱりよかったらしい。

「おまえ、しゃべる前にちゃんと考えてから口にしろよな」

貴俊が、遠慮なんかせずに叱《しか》ってくれるようになってきたのも嬉しい。

「それ、前にもタカさんに注意されたことある」

「一回注意されたら……」

「つぎからは気をつけろ。何回も言われたから覚えちゃいました」

「……」

貴俊はやれやれという顔をしたが、すぐにふっと笑みを浮かべ、空を見上げた。

ふたりで訪《おとず》れた場所で、楽しかった出来事を心に浮かべ、隣にいる貴俊に話して聞かせる。

それは、自分だけのものになってしまった、ふたりのものだった思い出を、もう一度味わい直す不思議な時間。貴俊にとっては、楽しいだけじゃないかもしれない。

でも、休みのあいだ家の中で気まずく過ごすより、外に出るほうがずっといい。

風の匂いや、波の音。海岸に座れば、地球の鼓動《こどう》を感じることだってできる。

人が使って楽しむデザインは、まずは自分が五感を使ってイメージを味わうことが大切だって、アルバイトの頃から、何度も聞いた言葉だけれど……。

恋も同じだよね。

だから、いっぱい感じてほしい。空も海も風も……それから、おれのことも。


「味見する？」

試すつもりはないけれど、貴俊に買ってもらったアイスをなにげなく勧《すす》めてみた。

「いや……」

恋人でもないのに、ひとつのソフトクリームを分けあうなんて、普通は抵抗あるよね。

嫌がりそうだから、あのとき喜んで食べていたことは言わずにいてあげる。でも……。

「タカさん、ここで……アイス食べてるおれ見て、キスするよりエロいなって言ったんだよ」

「……！」

目を瞠《みは》るのを見て、美潮はにやりとした。

「もしかして、今同じこと考えてたとか?」

「ば、馬鹿……誰がそんなこと」

「ほんと、見かけによらずエロオヤジなんだからな」

「お、おまえな……人が覚えてないからって、適当なこと言うなよな」

「嘘なんかついたら、このデートの意味ないじゃん。思い出すために、ここでしたことや言ったこと話してるんだから」

美潮が怒ってみせると、貴俊は観念《かんねん》したように黙った。

往生際《おうじょうぎわ》が悪いと思いながらアイスを食べ終わり、美潮はふと気がついた。

高校時代の親友への片想いとか、アイスの話とか。聞かされて驚いたり否定しているということは……貴俊は自分以前の恋人には、打ち明けなかったということになる。

「なんか、おれってタカさんにとって特別な存在だったみたいだね」

「そうらしいな……」

認めるしかないというふうに、貴俊は頭を抱《かか》えた。

自分にとって楽しい思い出が、どうやら貴俊を悩ませているらしい。

せっかくデートに漕《こ》ぎつけて、楽しかった出来事と恋愛感情を呼び戻してもらおうと話して聞かせているのに、これじゃあなんにもならない。かといって、喜びそうなことを捏造《ねつぞう》したんじゃ意味がないし……。

「あ、そうだ」

美潮は笑顔になり、携帯電話を取り出した。

「タカさん、終わったメールは捨てろって言うから黙ってたけど、じつはタカさんからもらったラブメール保存してあるんだよね」

「なに⁉」

焦《あせ》った顔になる貴俊に、美潮はもったいぶるように携帯電話をちらつかせた。

「見てみたい？」

「いや、いらない。ていうか、不要なメールはさっさと捨てろ」

「これは個人の所有物。職場の先輩だからって、そんなこと言う権限《けんげん》ないもんね」

「いいから、寄こせ」

美潮が携帯電話を持ち上げると、貴俊が手をのばして奪《うば》い取《と》ろうとした。

「だめだって、あっ……」

取られまいとして背中をそらした拍子《ひょうし》に、貴俊が覆《おお》いかぶさってくる。

思わず目をつぶったが、どこも痛くも苦しくもなく……。

目を開けると、貴俊が腕立《うでた》て伏《ふ》せのポーズで見下ろしていた。

背中にやわらかな砂の感触と、抱かれたときと同じ、愛《いと》しい人の身体の重み。

そして、唇を重ねるのにはちょうどいい距離。

鼓動の音が伝わりそうなのに……。

見つめあったかと思ったら、貴俊が美潮の手から携帯電話を取り上げた。

「あ……」

脇《わき》に退《ど》いた貴俊が、やられたというふうにため息をつく。

「おれ、タカさんにデータの持ちすぎはよくないって言われて、毎日ちゃんときれいに消してたから……心配しなくても、タカさんのラブメールは一通も残ってないよ」

美潮はしてやったりという顔をした。

でも、胸の中は思いっきりどきどきしたままだった。

「だから、また……ときどきはメールしてよね」

恋人だったときみたいに、なにげなく甘えてみたけれど、

「職場も家もいっしょなのに、必要ないだろ」

貴俊の返事は素《そ》っ気《け》ないことこの上なし。

恋人なんだよ、ほんとはおれとタカさん。手元の砂を弄《もてあそ》びながら、いちばん言いたいことを心の中でつぶやいた。

「ラブメールって……たとえば、どんな?」

隣でぼそっと言うのが聞こえ、美潮はあわてて飛び起きる。

知りたいんだ？　気になるから？　それとも、記憶を取り戻したいから？

「教えてあげてもいいけど……」

どっちにしても、聞かないほうがいいような気がする。

「料金取るのか？」

貴俊の冗談に、美潮は「高いよ」と笑い、携帯電話を取り出した。

「おれ、手先は不器用だけど、記憶力だけはいいんだよね」

そう言って、貴俊にもらったメールの文面を打ち込み、送信する。

「俺……自分で自分がわからなくなってきた」

送られてきた絵文字入りのメールを見て、貴俊は携帯電話を閉じ、がっくりと膝《ひざ》に頭を突っ伏した。

「思い出せばわかるよ。がんばって」

美潮は半分からかいながら、半分は本気でエールを送った。

でも、こんなメール見せたせいで、思い出すのが嫌になったりして……。

ちょっと心配になり、横から顔を覗き込むと、

「やっぱ、海は気持ちいいなー……」

貴俊は砂浜にごろりと寝転がり、大きく伸《の》びをした。

美潮はほっとし、膝を抱えて空を見た。

気ままに流れていく白いちぎれ雲。心地よくくり返す波の音。

貴俊がそばにいて、話を聞いてくれて、いろんなリアクションを返してくれる。

こんなにたくさん会話をしたのは、何日ぶりだろう。

でも、なにを聞いても身に覚えがないらしく、あんなこともこんなことも、ほんとになにもかも忘れてしまったんだと思うと、やっぱり寂しい。

照れたり驚いたりしてる顔を見るのは……面白かったけどさ。

膝を抱えて笑っていたら、貴俊の腹がきゅるきゅると鳴った。

「そういえば、おれもお腹へってきたかも」

美潮のつぶやきに、貴俊ががばりと起き上がる。

「ちょっと早いけど、昼メシにしよう。前に来たとき食った店、行くんだろ?」

おいしいものの話になると、しっかり食いついてくるところは同じだね。

「シー・オニオンって名前なんだけど、ボリュームたっぷりのステーキサンドとどっさり野菜サラダ、タカさんもすごいおいしいって言って、家帰ってまた食おうってテイクアウトしたんだよ。帰りに渋滞《じゅうたい》に巻き込まれて、車の中で食べちゃったけど」

「へぇ……そんなにうまいんだ。だったら、行かない手はないよな」

喜んでくれて嬉しい。それに……。

あの店のステーキサンドを食べたら、なにか思い出してくれるかもしれない。

思いっきり期待して行ったのに、切《き》り妻《つま》屋根の白い家もデッキテラスもそのままに、思い出の店はサーフショップに変わってしまっていた。

「あんなに流行《はや》ってたのに、なんでなくなっちゃったんだろ」

がっかりして、美潮が肩を落としていると、

「なんか事情があったんだろ」

「そうだね……」

たしかにそこにあったものが、知らないうちにきれいになくなっている。

胸の中を風が通り抜けていくような、空《から》っぽなこの感じ。

なんだろうと思ったら、気がついた。わかっていたつもりだったのに、別れた恋人に会ったときの貴俊の気持ちが、今初めてわかった気がした。

お目当ての店がなくなって、しょんぼりしていると思ったのか、

「あっちにあるバーガーショップ、なんかうまそうな予感がするから、買ってって海岸で食おうか?」

気を取り直したように、貴俊が言った。指差すほうを見ると、前に来たときに迷ったもうひとつの店だった。

貴俊はサーロインバーガー、美潮はアボカドバーガーをチョイス。ヴィンテージなイラストがお洒落《しゃれ》な紙のランチボックスに、シーザーサラダやフライドポテト、胡桃《くるみ》とチョコのスコー

ンといっしょに詰め込んでもらい、ピクニック気分で砂浜に並んで座った。

「このバーガー、値段マックとかの三倍だけど、すんごいおいしー」

美潮が感激すると、

「簡単に機嫌直るんだな」

貴俊はふっと笑い、黒胡椒《くろこしょう》の利《き》いた櫛型《くしがた》の皮つきポテトを口に放り込む。

「時と場合によるよ。これだって、まずかったら文句言ってたし」

「いい性格だな」

「それって、いい意味だよね？」

美潮が訊くと、貴俊は「ここんとこ、ケチャップついてる」と唇を指して笑う。

「ガキっぽいって思って、馬鹿にしてんでしょ。どうせ」

美潮は上唇を舐《な》め、拗《す》ねた顔でコーラのストローをくわえた。

「いや。そういうとこ……俺は好きになったのかなってさ」

「……」

好きのひと言に、思わず胸がどきんとなった。

好きだと言われたわけじゃなく、貴俊はただ思い出そうとしているだけなのに……。

「どう考えてもストライクゾーンはずしてるのに、恋人にしたってことは……そのガキっぽいところを気に入ったってことだろ？」

「なにそれ。おれ、全面的にガキっぽいわけじゃないし、ほかにもいいところあるじゃん」

「へぇ……たとえば、どんな?」

「どんなって……それは……」

しどろもどろになりながら、美潮はふとあることに気がついた。

貴俊がどこを好きになってくれたのか、自分は今まで知らなかった。でもそれは、愛されているのがわかっていたからで、理由なんて知る必要もなかったし、訊きたいと思ったこともなかったのだ。

「ていうか、自分で思い出してよ。ほんとはタカさんしか知らないことなんだから」

美潮がごまかすように言うと、貴俊はふっと笑って海のほうを見た。

「なにがよかったんだろうなぁ……」

あからさまに悩まないでほしい。

でも、思い出そうとしてくれているんだし、文句は言えないか……。

「いいとか悪いとか、そういうのどうでもいいじゃん。頭で考えないでちゃんと味わってよ。五感で感じてみてよ。海の匂いとか、風の音とか……」

それから、おれのことも。と言いかけて、心に置いておくことにした。

そんなに急《せ》かさなくても大丈夫。貴俊を信じよう。

「あ、そうだ。このバーガー、帰りにテイクアウトしてかない? きっとまた、車ン中でお腹へっちゃうに決まってるから」

美潮の提案に、貴俊は額を押さえて笑った。

「あー、またガキだって思ってる」

「しょうがないだろ。俺が高校生の頃、おまえまだ幼稚園児だったんだぞ。想像してみろよ」

貴俊に言われ、思わず素直に従《したが》ってしまう。

学生服を着た貴俊と、幼稚園のスモッグと斜《なな》めがけのバッグをかけた自分が手をつないでいる。そんな映像が浮かび、美潮はふふっと笑った。

「学生服のタカさん……可愛いかも。こんど写真見せてよ」

「そういう話してたんじゃないだろ」

想像しろって言うから、そういう話になったのに……。

「十歳くらいの年の差カップルなんて、いくらでもいるよ。普通だよ。俳優の高橋一朗《たかはしいちろう》だって、二十歳下のアイドルと結婚したじゃん。彼が二十歳《はたち》のとき、彼女赤ちゃんだったんだよ」

必死に説得しようとする美潮に、貴俊は「すげー」と驚いた顔をした。

すごいって言いたいんじゃなく、好きになったら年なんて関係ないって話なんですけど！

思いっきり言い返したかったけれど、年下が趣味じゃない人に言っても無駄だと思い直す。

でも、それでも……好きになってくれたのは、ほんとのこと。

「タカさんに聞いたことないから知らないけど、なんかきっかけがあったんだよ。クソガキが可愛《かわい》いって思える瞬間が」

美潮は足元の砂を軽く蹴った。

「クソガキなんて言ってないだろ」

「言ってないだけで、思ってるくせに」

「……悪かったよ」

「やっぱ思ってるんじゃん」

ふてくされながら、手元にあった小石を海に投げようとしたら、

「俺……恋人に忘れられるってこと、どんな気持ちなのか……ちっとも思いやってやれてなかったよな」

「え……？」

美潮の手から、ぽろっと小石が砂の上に落ちた。

さっきの『悪かった』って、そういう意味？

「自分のことでいっぱいいっぱいになってて……大人げなかった」

いつかまとめて文句を言ってやろうと思っていたのに、そんなふうに言われると、仕返しができなくなってしまう。

「タカさんが謝ることないよ。子供助けようとして事故に遭《あ》ったんだし……」

「思い出すから、絶対に」

「……うん」

美潮は膝を抱えたまま、小さくうなずいた。

欲しくてたまらなかったときには手に入らなかったのに、焦《あせ》るのをやめようと決めたとたん、思いがけず貴俊から、欲しかった言葉をもらってしまった。

それだけじゃなく……。

気持ちがラクになって、ひとりで眠るベッドの中、久しぶりに寂しさを感じずにいたら、貴俊からメールが届いた。

そっけないほど短いメール。でも、削除しないで保存する。

たったひと言、『おやすみ』と書いてあるだけだったけれど、今までもらったすべてのメールの中で、これがいちばん嬉しかった。

貴俊の記憶は戻らないままだったが、休みのたびにふたりで思い出の場所に出かけることは、美潮にとって、他人のようだった貴俊との距離が少しずつ埋《う》まっていくのが嬉しく、幸せな時間になっていた。

今日のデートは上野動物園。貴俊は動物が大好きだけど、とくにペンギンや白くま、アシカやアザラシなど、海の生き物がお気に入りで、デザインのモチーフにもよく登場する。

「コウテイペンギンの子育てってさ……」

ここでの思い出のひとつとして、蘊蓄《うんちく》を得意げに話して止まらなくなって唖然《あぜん》となったときのことを教えようとしたが、言うまでもなく話が始まってしまい、水を差すのは無粋《ぶすい》だと思って、初めて聞いたみたいに驚いたふりをしていた。

嬉々《きき》として話しているから我慢しようとしたけれど、内容がまったく同じだったので、途中で思わず笑いだす。

「なんだよ?」

「ううん、なんでもない。つづけてよ」

「なんだよ。あ……そっか。俺、もしかして同じこと……」

美潮は首を振ったが、気づいたらしく、笑ってないで止めろよと拗ねてしまった。

「だいたいこのデートは、俺が話すんじゃなく、シオに話を聞くのが趣旨だろ。なにわかってることもう一回聞いてんだよ」

まだ怒っているらしい。木陰《こかげ》のベンチに座ると、貴俊はアイスコーヒーのストローを引き抜き、カップから豪快《ごうかい》にごくごくと飲んだ。

「その話もう一回聞きたかったから……ごめんね」

美潮が謝ると、貴俊はちょっと赤くなり目をそらした。

事務所ではいつも、同じセリフの説教してるのに、そっちは気にならないわけ？

「笑ったのは、タカさんがあんまりペンギンに夢中だから……可愛いなって」

「おまえな、年上に向かって可愛いはないだろ」

「ありだよ、あり。タカさん、井《い》の頭《かしら》文化園でゾウのハナコ見たとき、可愛いって言ってたじゃん。彼女、タカさんよりずっと年上だよ」

「井の頭公園にも行ったことあるのか……」

「じつは、つぎのデートの行き先だったりして」

美潮が小さく肩をすくめたら、貴俊はえっという顔をした。

「動物園、つづけて行ったのか？」

「タカさん、動物園大好きじゃん」

「まぁ、それは否定しないけど……」

「そのときは、吉祥寺のスタジオで仕事があったから、ついでに行ったんだけどね」

「そういえば……吉祥寺行くのって久しぶり……あ、花見に行ったんだっけか」

「そうだよ、ほら」

ふたりのツーショット写真を見せると、貴俊は「やめろって言ってるだろ」と怒った。

まるで時間が戻ったように感じる。でもそれは、失った出来事を話して聞かせているからで、貴俊が以前の貴俊に戻ってくれたわけじゃない。

恋人みたいにデートをしているけれど、正しくはデートじゃないし、恋人でもない。

ほんとのことを言えば、動物園と動物園のあいだに、もうひとつ行った場所があったのだけれど、言っても貴俊を困らせるだけだと思い口にしなかった。

事務所にあったパンフレットを見ながら、年末年始に温泉とか行ってみたいとつぶやいたら、値段も雰囲気も最高にいい旅館を、こっそり予約してくれて嬉しかった。

部屋に露天風呂《ろてん》がついていて、ちらちらと雪なんか降ってきて、すごくいい雰囲気になったのに、湯あたりしてエッチできなかったこと、面白いから聞かせたかったけど。

同じベッドで寝ようという気になってくれるまでは、やっぱりこの手の話はしないほうがいい気がする。貴俊が困るだろうし、困っているのを見る自分が可哀想《かわいそう》だから……。


つきあい始めて半年のあいだに、デートでいちばんよく行ったのは、貴俊が大好きな動物園と水族館。そのつぎが博物館とプラネタリウムで、意外に訪れないのが美術館。思い出デートには使えないけれど、いつか行ってみたいと言っていたのは食品メーカーの工場見学。

最後にデートしたのは、事故に遭う三日前、仕事のついでに花見に訪れた井の頭公園。双六《すごろく》の上がりみたいに行き着いて、それでもなにも思い出さなかったら……思い出デートはどうすればいいんだろう。

ふりだしに戻って、二巡目に突入？　なんてことにならないように祈りつつ、できる限り詳《くわ》しく、楽しかった思い出を話して聞かせようと思う。

学校のテストの暗記は苦手なのに、好きな人と過ごしたことだけは忘れない。入った店もいっしょに食べたものの味も、買ってもらったものも。そして、貴俊が嫌がるくらい、交わした会話だって逐一《ちくいち》覚えている。

自分でも、呆《あき》れるくらいの恋愛体質。

ラボで退社前の掃除をしながら、美潮はモップにもたれかかってため息をついた。

デートは楽しいはずなのに、なんだか気持ちが落ちている。

でもそれは、貴俊が思い出してくれないからというわけじゃない気がする。そのことに関しては、もう焦らないと決めているし、貴俊も協力してくれている。

だったらどうして……つぎのデートのことを考えながら、こんなふうにため息が出たりするんだろう。

「なんだ、ここにいたのか。今日はもう帰れるから、いっしょに三国屋《みくにや》に買い出し行くか？」

「行く行く！」

貴俊の声に、美潮は振り向きながら言った。

小学生みたいな返事だったせいか、貴俊は苦笑いを浮かべている。

「じゃ、今来たＦＡＸに返事するから、五分だけ待っててくれ」

「うん」

なんて現金なんだろう。欲しかったオモチャをもらった子供みたいに、さっきまでのうっすらと憂鬱《ゆううつ》な気分は、もうどこかへ消えてしまった。

貴俊のお気に入りの、お洒落なスーパーマーケット。品数も豊富で、珍しい野菜やフルーツがあったり、パッケージが可愛い輸入菓子や缶詰や瓶詰《びんづ》めが並んでいるのを見ているだけでワクワクして……ふたりで買い物をするときが、じつはデートよりも楽しかったりする。

カップルっぽいし、いっしょに暮らしてるんだって実感が湧《わ》いてくるのが嬉しいんだと思う。

「おふたりさん、最近いい感じじゃん？」

貴俊が階段を降りていくのを見計《みはか》らい、モップを手にした秀《しゅう》が近づいてきた。

トイ・クラスタの清掃は、先輩後輩関係なく、毎日スタッフがすることになっている。

「前よりは、だいぶ馴染《なじ》んだかも……です」

美潮が苦笑いを浮かべると、

「じゃ、あっちのほうはまだ？」

さらに顔を近づけ、耳元で囁いた。

わかっていること、訊かないでほしい。記憶はまったく戻らないし、心の距離は確実に縮《ちぢ》まっているけれど、貴俊は自分のことを、可愛い弟くらいにしか思っていないと思う。恋人だとわかっているんだし、その気になったら、遠慮《えんりょ》なくベッドに入ってくるはずだから……。

「御用のときは、いつでも遠慮なくお電話くださいね」

「けっこうです」

美潮が呆れ顔で離れると、秀は「どうしてよ〜」とつまらなそうな声を出す。

「秀さん、そういうのセクハラって……」

「なにコソコソやってんだ」

電話が終わったのか、貴俊がこっちにやってくる。

「ダーリンがやきもち焼いてるぞ」

秀は美潮が手にしたモップを取り上げると、背中を押して貴俊のほうへ押しやった。

だったら嬉しいんだけど……。

貴俊を迎えながら、美潮は心の中でつぶやいた。

「お疲れさまでした」

「疲れてないけどな」

へりくつを言う貴俊に、なにそれと笑う。

いっしょに退社し、車でお気に入りの店に行く。傍《はた》から見れば、社内結婚のカップルみたいなふたりだけれど……ほんとはぜんぜんそんなんじゃない。

仲良く暮らしているけれど、今もまだ、ただの同居人。

貴俊が『ダーリン』に戻ってくれる日は、いったいいつなんだろう。スーパーで買い物をしながらも、自分に投げかけたさっきの問いが、頭から離れないままだった。

「なにぼんやりしてんだ？」

きれいにレイアウトされた瓶詰めのジャムの棚《たな》の前、カートを押していた貴俊が顔を覗き込んでくる。

「あ……ごめん。なに？」

美潮は我に返り、笑顔を見せた。

「これでいいか？　最近、パソコンのせいで目が疲れるから……アントシアニン摂取《せっしゅ》しようかと思ってさ」

貴俊はとくに気にする様子もなく、棚からブルーベリージャムの瓶を取り出した。

「いいんじゃない。おれ、ベリー類好きだし」

「そうなんだ？　ほかにも欲しいのあったら買っていいぞ。ラズベリーとか……あ、甘夏《あまなつ》のマレードってのもうまそうだな……」

なにも言わなくても、いつも果肉が丸ごと入った苺ジャムを買ってくれていたのに……。

なんてことは、言いっこナシ。

思い出を話すのはいいけれど、知らないとわかっていて、細かなことまで訂正するのはさすがに気が引ける。

「どうした?」

「あ……えと、おれたちって、カップルに見えるのかなって」

ふいに訊かれ、ずっと言いたかったことがするりと口から飛び出してきた。

「見られたいのか?」

貴俊が声をひそめて訊き返したので、本気でがっかりしてしまう。

ここしばらく自分が、常に感じていた寂しさやもの足りなさに、貴俊はまったく気づいてくれていないらしい。

「タカさん、見られたくないんだ。そっか……」

なんでもないふりができず、ふてくされた声が出る。

「あ、いや……そういう意味じゃ」

わかってる。ゲイのカップルだなんて、わざわざ周りに知らせたい人は少ないと思う。

でも、そんな話がしたかったわけじゃない。

恋人だというのを前提にして、いっしょに暮らすと同意したのに、貴俊がすぐに忘れてしまうから、ときどき確認しないと不安になってくる。

そのことをわかってほしかったのだけど……。

「そういえばタカさん、あのときもそうだった」

「あのときって、どのときだよ」

「ふたりでベッド買いに行ったとき……だよ」

周りに聞こえないように、こんどは小声で言った。

「どうせロクな話じゃないんだろ」

貴俊は、カートを押しながら身構える準備をしている。

「おれ、嬉しくて、あれもこれも見て回ってはしゃいでたら、タカさんやっぱり、カップルに見えるからあんまりはしゃぐなって言ったんだよね」

「そりゃ、言うだろ。その場にいたら、俺だって……」

美潮は、おやっと思い、珍しいジャムを物色《ぶっしょく》している貴俊を見る。

自分で気づかずに言っているんだろうか。

失った記憶の中の自分のこと、貴俊は別人みたいに感じているらしい。

そうなった当人にしかわからない感覚なのかもしれないけれど……。

あのときの貴俊は、ほかでもない貴俊自身。切り離して考えないでほしい。

思い出すために話しているんだから、俺じゃないとか覚えてないとか言わないで、思い出の中の自分に、もう少し感情移入する努力をしてほしい。

というより、今のこの膠着《こうちゃく》状態を早くなんとかしてもらいたい。

「そうだ。タカさんさ……一度、あのベッドで寝てみれば?」

「えっ……」

どきっとしたというより、勘弁《かんべん》してよという表情。

「なに驚いてんの？　ふたりでじゃなくて、タカさんひとりでって意味だよ」

「わかってるけど、なんで急に……」

こんどはあからさまに、ほっとした顔になる。

やっぱりまだ、子供を相手にするのは無理だと思っていることがわかった。

「だってさ、タカさんがお金出して買ったのに一度も使ってみてないじゃん。すっごく寝心地いいから、味わってみればってこと」

抱いてほしいからだよと、ほんとは周りに聞こえるくらいの声で言ってやりたかったのに、心にもないことを言っている。

「いいよ、べつに。俺は寝られればどこでもいいんだから」

「よく言うよ」

美潮が肩をすくめると、貴俊は「な、なにが……」と焦った。

「ベッドいっしょに見に行ったとき、はしゃぐなって言ってたのに、デザインとか素材とか機能性とか耐久性《たいきゅう》とか、ホルムアルデヒドがどうのとか……あんまりうるさく訊くから、店員の女の人呆れてたんだからね」

「……」

それはあるかもと思ったのか、貴俊は気まずそうに苦笑いを浮かべた。

「わかったよ。そこまでこだわって選んだんなら、こんど試してみるよ」

「こんどじゃなくて、今夜とかどう?」

リアクションが見たくて、誘いをかけるような口調で、わざと言ってみた。

「ベッドの話はもういいだろ。そんなことより、今夜なに食いたい?」

そんなこと……なんだね。

がっかりを通り越し、怒りみたいな感情が湧いてくる。

「食べられれば、なんでもいい」

寝られればいいと、さっき言われたことに、仕返しをするみたいに言った。

「自分で考えるの面倒《めんどう》だから、具体的にリクエストしてくれたほうがラクなんだけどな……」

けれど、貴俊は気にする様子もなく、色とりどりのジャムの瓶を見ている。

こっちの気持ちを知っているのに、愛されていることを前提に同居をつづけているのに、まるで人ごとみたいに、どうしてそんな涼しい顔をしていられるんだろう。

記憶が戻らないのは貴俊のせいじゃないし、思い出す努力だってしてくれている。不満をぶつけるのは理不尽だとわかっているけれど……。

「じゃあ、久しぶりにとろとろオムレツのっけたオムライス作ってよ」

わざと、久しぶりなんて言ってみる。

今の自分の感情は、欲しいオモチャを買ってもらえなくて焦《じ》れている子供と同じ。相手にしてもらいたくて、ひたすら駄々《だだ》をこねているだけだった。

「お安い御用。あ……サラダにアボカドも入れよ」

なにごともなかったかのように野菜を物色する貴俊に、美潮は心の中で問いかける。

おれのことは、食べたいって思わない？

いっしょに暮らしていて、そんなふうに思ったこと、ほんとに一度もない？

海でニアミスしたとき、少しはどきっとしたんじゃないの？

「ハーゲンダッツ特売《とくばい》してるから、まとめて買っとくか？」

「うん」

胸の内を隠し、美潮は笑顔でうなずいた。

やっと居心地がよくなったこの場所が、最初とは違う理由で息苦しくなってくる。

貴俊にとって自分は、気の合う同居人、もしくは可愛い弟でしかない。

恋人なのに片想い。そう思っていたけれど……。

大好きなはずの恋人の隣で、悲しい疑問が湧いてくる。

いったいいつまで自分は、貴俊のことを恋人だと思っていられるんだろう……と。

ふたりでパエリアをひとつの皿からとりわけながら食べた夜、貴俊に抱かれる夢を見た。

目が覚めた瞬間、隣に誰もいないことに気づいたけれど……身体の奥には貴俊の熱が残っていて、まだ離れたくないという気持ちがちゃんとあることに、ほっとした。

キッチンに行くと、休日だというのにテーブルの上にはすでにサラダやジャムが用意され、甘い香りといっしょに、貴俊が焼きたてのフレンチトーストを運んできた。

「今まさに、叩き起こしに行くとこだったぞ」

目が合った瞬間、夢のシーンが蘇《よみがえ》ってきて、

「お、おはよ……」

ただの朝の挨拶《あいさつ》に、思わず口ごもってしまう。

「どうした？　なんか顔が赤いな」

いきなり貴俊に額をふれられ、美潮はびくりと後ずさった。

「だ、大丈夫」

「調子悪いんなら、無理に出かけないほうがよくないか？」

体調は悪くなかったけれど、なぜだか今日はどこへも行きたくなかった。

助かったと思ったのに……。

「タカさんが行きたくないって言うんなら、やめてもいいけど……」

自分が行きたくないと言うのははばかられ、そんな言い方になってしまった。

「シオが大丈夫なら、俺はぜんぜん。今日はどこ行こうか？」

貴俊に訊かれ、ちょっと迷って「アクアラインで花畑」と答えた。

「こんなに色が溢《あふ》れた風景なのに、なんで覚えてないんだろうな……」

隣で貴俊がつぶやくのを聞いて、美潮は心の中で返事をした。

記憶喪失《そうしつ》だからじゃなくて、一度も来たことないからだよ。

オレンジ、イエロー、ホワイト、レッド……青い海を背景に、どこまでも広がるポピーの花畑。小学生の頃、テレビの旅番組を見ていた母が、南房総《みなみぼうそう》に花摘《はなつ》みに行きたいと言いだして、まだ免許をとりたての次兄《じけい》の運転でやってきた。

一面に広がる鮮《あざ》やかな色に、少女のようにはしゃいでいた母の姿を思い出しただけで、貴俊との場面はなにもない。

自分で自分がわからない。貴俊に嘘をついてしまった。

思い出デートなのに、ふたりで来たことのない場所を選んだりして、いったいなにがしたかったんだろう。

「この辺り、店とか見当たらないけど……前に来たときはどこでランチしたんだ？」

「ごめん、忘れちゃった」

「え？」

デートした場所に関しては、引かれるくらいなんでも覚えているのに、それはないだろうと思ったに違いない。

「おいしくなかったのかも……おいしかったら、絶対に覚えてるはずだから」

美潮が言い訳をすると、貴俊は「なるほどね」と笑った。

でも、そのあとがつづかない。

空想するのは好きなのに、思い出を捏造するのは得意じゃないらしい。

「しかし……うちの事務所って、なんでみんな食い意地はってんだろうな」

「類友《るいとも》の法則じゃない？」

話題を提供してくれているのに、なぜか素っ気ない返事になってしまう。

貴俊に怒っているわけでも、この場所が気に入らないわけでもない。

しいていうなら、海から吹いてくる風が少し冷たいことくらいだった。

やろうと言いだしたのは自分。貴俊は嫌がっていたのに……。

思い出話なら、まだまだ山ほどある。そのほとんどが楽しかったり嬉しかったり、いくらでも話せるはずなのに、話したくない自分がいる。

「ここ、俺を困らせるような面白ネタがないんだろ？」

「え？」

美潮はどきっとし、貴俊を見た。

「違うんだ。あ、わかった。ここで俺と大ゲンカした……とか？」

「……」

問い詰められているような気分になってきて、思わずため息をついた。

「なんだよ。まさか……そのときの気持ち再生して、怒ってるとかじゃないよな？」

「……」

美潮ははっとなり、顔を上げた。

貴俊の口から出た『再生』という言葉に、胸にわだかまっていたものが腑《ふ》に落ちる。

どうして最近、心から思い出デートを楽しめなかったのか、そのわけが今やっとわかった。

せっかく目の前に本物の風景があるのに、ふたりして見ていたのは過去の出来事。貴俊が見ているのも、今ここにいるふたりじゃなくて……思い出という名前の映像を、ただ再生していただけだった。

貴俊が聞きたいのは過去の話、今目の前にいる自分のことは見てくれていない。

過去の思い出を辿《たど》るんじゃなく、今の貴俊と今の自分で、新しい思い出を作りたい。

そんなふうに思って、来たことのない場所に貴俊を連れてきてしまったのに違いない。

あんな夢を見たのも……きっと。

同じ家に住んでいれば、貴俊が服を脱いでいるところに居合わせたり、バスルームからシャワーの音が聞こえたり、洗濯カゴに下着が入っていたり、身体を重ねたことがある人の、ベッドでの振舞《ふるま》いを思い起こさせるものが、日常の中にいつだって見え隠れする。

記憶を取り戻してほしくて躍起《やっき》になっていたときには、そんなこと考える余裕《よゆう》もなかったけれど、恋人みたいにデートをするうちに、少しずつこのままじゃつらくなってきた。

過去の自分をいくら知ってもらっても、キスしてもらえるわけじゃない。抱きしめてもらえるわけじゃない。

思い出してなんかくれなくていい。今ここにいるおれのこと見てほしい。

「タカさん……」

嘘の思い出を語れるほど器用じゃないから、そのうちしどろもどろになるのが目に見える。それにもう……楽しめなくなった理由がわかった以上、気持ちを偽《いつわ》ったまま思い出デートをつづけるのは無理だった。

「ほんとはここ、タカさんとは一度も来たことないんだ」

「え……?」

「ごめん、嘘ついたんだ」

「……」

怒ってはいないけれど、貴俊は戸惑ったような顔をしている。

でももう、どう思われてもかまわない。正直な気持ちを伝えたい。

「おれ、ほんとは……」

「言わなくていいよ」

「……」

胸がどきんとし、美潮は貴俊の顔を見つめた。

「シオが拗ねたくなる気持ち、わかるから」

貴俊も、同じことを思っていたんだろうか。思い出より、今を大事にしたいって……。

「シオがこんなにがんばってくれてるのに、なにひとつ思い出せないんじゃな」

「……」

期待がはずれ、ふっと肩から力が抜ける。

そうじゃない。そんなこと言いたいんじゃない。美潮は本当の気持ちを打ち明けようと思い、貴俊の腕をつかんだ。だが、

「いくら話を聞かされても……そんなふうに思ったかもしれないって想像することはできても、どんな気持ちでシオのこと好きになったかさえ思い出せないんだ」

どうしても好きにはなれないんだ。そう宣告された気がした。

ショックで頭の中がじんと痺《しび》れたみたいになったけれど、なんとか気を取り直す。

このままじゃ、思い出せない貴俊を責めたみたいになってしまうし、思い出デートをやめることもできなくなってしまう。

「言っとくけどおれ、そんなことで拗ねたんじゃないよ。お願いだから、自分のこと責めたり

しないでよ。でなきゃ、おれ……悪者になっちゃうじゃん」

「あ、いや……ごめん。そんなつもりで言ったんじゃ……」

「つらいのはタカさんのほうじゃん。知らないあいだにふられたり、タイプじゃないやつが恋人になってたり……つきあってくれてるけど、おれの思い出話なんか聞かされるの、ほんとはうんざりしてるよね？」

はっきり言ってくれたほうがいい。そしたらもう、こんなデート、今日限りやめられる。

お互いにつらいだけなら、終わりにしたほうがいい。

そう思ったのに……。

「最初の頃は……自分の意外な面とか聞いて驚いたし、恥ずかしいことばっかだったけど、今は違う。シオの話、楽しんでる。じゃなきゃ、こんなとこまで来るわけないだろ？」

貴俊はふっと笑みを浮かべ、なだめるようなやさしい声で真逆《まぎゃく》のことを言いだした。

「シオが嫌じゃないなら、俺はつづけたい。でも、どうしても嫌なら……」

「嫌じゃないよ」

美潮は、あわてて貴俊の言葉を遮《さえぎ》った。

そんなふうに言われたら、やめるなんて言えない。つづけるしかない。

「おれが……泣いたりしたから、タカさん……無理してるんじゃないかなって思ったんだ」

「それは前にも言ったじゃないか。俺だって、記憶取り戻したいんだ」

「そっか、なら……よかった」

ほっとしたようにため息をつきながら、自分の気持ちからまた遠ざかっていく。

本当の思いを打ち明けるチャンスを、完全に失ってしまった。

でも、それは……貴俊がつづけたいと言ったからだけじゃない。

もう好きになってもらえないのかと思ったら、ふられたみたいに悲しくて、勇気を持てなくなってしまった。

「今日は知らない店行くしかないから、とりあえず検索してみるか」

嬉々《きき》として携帯電話を取り出す貴俊から目をそらし、明るいブルーの海を見つめた。

「へぇ……このへん、苺狩りできんだな」

苺というキーワードが、ふいに切なさのスイッチを入れる。

「メシ食ったら、デザートにどうだ？　練乳《れんにゅう》かけた苺、うまいぞ」

貴俊が最高に素敵なプランを考えてくれた。新しい思い出を作れる。だけど、

「ごめん……帰りたい」

美潮は首を横に振った。

「どうした？　気分悪いのか？」

泣きそうになってきたのを我慢しようとして言ったのに、心配そうに顔を覗き込まれ、どうしていいかわからなくなる。

「大丈夫だけど……やっぱ風邪《かぜ》っぽいみたい」

朝、貴俊が行くのをやめようと言ったとき、素直に受け入れていればよかった。

「熱は？」

貴俊が額にふれてきたので、美潮はまた首を振り、貴俊の手を離した。

「とにかく、帰ろう」

そう言って、貴俊は上着を脱いで美潮に羽織《はお》らせてくれる。

やさしくされるのが嫌だなんて、初めて思った。

思い出の中の自分じゃなく、今ここにいる自分を見てほしい。いちばん伝えたかったこと、言えなくなってしまった。

貴俊がもう、自分を好きにはなってくれないんだと……わかってしまったから。

・

食いしん坊が夕飯も食べずに眠ってしまったので、心配になったらしい。真夜中、雨の音に気づいて目覚めたら、貴俊が様子を見に来てくれていた。

恋人だったとき、この部屋に泊めてもらった夜のことを思い出す。

隣で眠っていた貴俊が起きている気配に気づき、眠ったふりをしていたら、キスしてきたことがあった。くすぐったくて、どうしようかと思ったけれど、嬉しくて……宝物みたいに今でも忘れることができない。

今夜もあのときみたいに、キスしてきたらどうしよう。

そんなはずないと思いながら、身体じゅうがどきどきする。貴俊に鼓動が聞こえてしまうかもしれない。思わず息を止めようとしたら……。

安心したのか、貴俊はそっと部屋から出ていってしまった。

だよね。弟……ていうか、猫の代わりだもんね。

『猫、飼おうかって思ってたんだ』

貴俊が話してくれたことがあった。

自分と知りあう少し前に、恋人と別れたのが寂しくて、友人の家でこんど子猫が生まれたら、絶対にもらおうと思っていたのだという。だったらなぜ猫がいなのかと訊《たず》ねたら、

『必要なくなったんだ。シオに出会ったから』

そんなふうに言って、抱きしめてくれた。

でも、今の自分はきっと、貴俊にとっては猫と同じ役割。

海でもしっかり釘《くぎ》を刺《さ》されたのに、わざわざ失恋気分を味わうなんて……馬鹿だよね。


見慣れた朝の光景は、コーヒーの香りとエプロンをつけた貴俊の後ろ姿。

昨日はごめんと謝ろうと思ったけれど、広い背中を見ていたら抱きつきたくなった。声をかけずに黙って立っていると、貴俊が振り向いた。

「起きたのか。具合どうだ？」

カウンターの中から出てきて、美潮の額に手を当てる。

「もう平気。昨夜《ゆうべ》食べなかったから、お腹へった」

「そっか……よかった」

ほっとしている貴俊に、美潮は笑顔でうなずいた。

嫌いになれたらラクになれるのに……やっぱり、好きだなぁと思ってしまう。

「ちょうど雨だし……今日は家でＤＶＤでも観《み》るか？」

「え……？」

思わず訊き返してしまったのは、雨の日にはよく、ふたりで映画を観ていたからだった。

「いっしょに観たことないのか？」

「ううん、観てたよ。タカさんちのテレビおっきいから、近所のレンタルショップで借りてきて、そこのソファに並んで」

「だったら、いっしょに観た映画でも借りてくるか。あ……けど、同じの観るのってシオには面白くないか」

「そんなことないけど……」

ほんとは、ふたりで初めて観る映画がいい。過去の自分と貴俊の感想じゃなく、今日ここにいるふたりの気持ちを分かちあいたい。

「思い出すのも大事だけど、楽しむのは俺たちの仕事のうちだろ。それに……映画の内容より、いっしょに観るってことが大事なんじゃないのか?」

「……」

そんなこと、言ってくれるなんて思ってもいなかった。海で言えなかった本当の気持ちが、貴俊に通じたみたいだった。

「そうだよね。内容よりいっしょに観るほうが大事なんだよね」

美潮が力説《りきせつ》するのを見て、貴俊が笑った。

「ホットミルク、はちみつ入れるだろ?」

ガキだなって思っているのがわかったけれど、今日はそのことに安心している。

「うん」と美潮は素直にうなずいた。

休みなしで遠出していたから、身体も心も……少し疲れているのかもしれない。

『睡眠薬みたいな映画だったな』

あくびをしながら、貴俊が言ったセリフが可笑《おか》しくて、今でもよく覚えている。

ＤＶＤのケースのデザインがいい映画は、あらすじを見なくても面白いってわかる。なんて、貴俊に言われて選んだのに、それまでふたりで観た中でいちばん退屈《たいくつ》な映画だった。

ストーリーも映像もありきたりで、ふたりしてソファで眠ってしまい、時間とレンタル代をムダにしたと文句を言っていたけれど、幸せだった。

そして今日。観ている映像は、ただ流れているだけ。感じているのは左側の貴俊の体温。まるでデジャ・ヴのよう。ふたりでワクワクしようと思ったのに、あの雨の日と同じ、貴俊のチョイスで借りてきたＤＶＤは最高に退屈な映画だった。

気づいたら、すっかり眠っていたらしい。美潮に肩を貸しながら、貴俊も寝息をたてて眠っていた。

恋人みたいに寄り添っているのに、隣にいるのは……やさしい同居人。

買い物をしたり遊びに行ったり、新婚カップルみたいだけれど、キスもハグもエッチもしない。こっちがＯＫサインを出していても、貴俊はそんな気にならないらしい。

『俺たち、つきあわないか？』

会社の屋上で気持ちを打ち明けられたとき、信じられなかった。嬉しくて、どう答えればいいかわからなかった。なにも言わずに見つめていたら、『答えろよ』と言って顔を近づけてきたから、イエスの代わりに目を閉じた。

あれが貴俊との、初めてのキスだった。

いったい貴俊は、自分のどこを好きになってくれたんだろう。
幸せだった頃には、そんなこと知りたいとも思わなかったのに……。
今、それがすごく知りたい。

5

「タカさん……年下は趣味じゃなかったのに、おれのこと、どうして好きになってくれたんだと思います？」

貴俊《たかとし》が一階の応接室でクライアントと打ち合わせをしているとき、ちょうどお茶の時間になったので、美潮《みしお》はすかさず三人に訊《き》いてみる。

率直《そっちょく》すぎたのか、三人のお兄さんは顔を見合わせていたが、

「どうして好きになったかは……タカにしかわからないんじゃないのかな」

泰人《やすひと》がスパイシーなチャイをカップに注《そそ》ぎながら、ふわりと笑った。

「タカさんに訊いてみたこと、ないんですか？」

「ふつー訊かないだろ。訊いたとしても、タカが嬉しげに話すはずないし」

そりゃそうだ。慶一《けいいち》の言葉はもっともで、美潮はふっと肩を落とす。

「シオこそ、どうしてタカのこと好きになったわけ？　うちの事務所にはほかに三人もこんないい男がいるのに、よりによっていちばん煙《けむ》たがってたタカのことをさ」

秀《しゅう》につっこまれ、打ち明けるかどうか少し迷いつつ、

「それは……」

貴俊が初めて部屋に泊めてくれた朝のことを、三人に話して聞かせた。

「へぇ……面白いな。けどタカが出してきたのが、苺《いちご》じゃなくてリンゴやバナナだったらどうなってたんだろうな?」

慶一がおかしな質問をしたので、思わず考え込んでしまう。と、秀がにやりと笑った。

「わからないなら、質問変えよう。もしあの日、俺がシオのこと家に泊めて、苺出してたらどうなってたわけ? 俺のこと、好きになっちゃってた?」

「それだけはないです」

美潮がきっぱりと答えたので、こんどは苦《にが》い笑みを浮かべる。

「シオ、ちょっとは迷おうよ、ね?」

「最近、そればっかだけど……まさか宗旨《しゅうし》替《が》えしたのか?」

「慶一も秀も、話を脱線させないように」

冗談だったらしい。泰人が話をもとに戻してくれた。

「苺じゃなくても……好きになってただろ。タカが連れて帰って泊めてくれて、朝メシまで作ってくれたって、意外な一面見て思わず目が覚めた……だろ? 秀がそれやってもべつに意外でもなんでもなくないか?」

「そっかぁ……俺、ふだんから誰にでもやさしいからな」

「やさしいっていうより軽い、だろ」

秀と慶一のボケとツッコミコンビを見ているのは楽しくて、脱線したままでもいいかと思ったけれど……。

「ずっと不思議に思ってたんですけど、歓迎会の夜、どうしてタカさんがおれのこと泊めてくれることになったんですか？　秀さんでも慶さんでも泰さんでもなくて……」

「泊めてもらった翌日、タカに訊かなかったのか？」

秀に訊き返され、美潮は小さくため息をついた。

「面白かったって笑ってただけで、おれがなにしたか教えてくれなくて……」

三人は顔を見あわせ、なぜだかにやにやしている。

「なんなんですか。笑ってないで教えて……」

言いかけて、美潮は言葉を止めた。

『作る途中のプロセスが楽しいんだよな』

貴俊がそう話していたことが、ふいに頭に浮かんでくる。

そういえばあのとき……恋も同じだって思ったんだった。

「どうした？」

「やっぱ、いいです。おれ、難しいこと嫌いだけど、攻略本とか見てゲームしたことだけはないんです。自分で答え見つけなきゃ、やっぱつまらないから……」

「同感。で、どうすることにしたんだ?」

慶一が訊き返すと、美潮が答えるより先に、秀がさっと手を上げる。

「もうタカさんなんていらない。やさしくてハンサムでセクシーな秀さんに乗り換えよう!」

「雑音が聞こえたけど……スルーして、どうぞ」

慶一に促《うなが》され、美潮は姿勢を正した。

「おれ……もう一回、タカさんに恋することにしました」

きっぱりと答えると、三人は同時に「へぇ」と言った。

「タカさんに告《コク》られるまでは、片想いしてたけど、あの頃、いつもワクワクしてたんです。だから、もう一回そこからやり直そうかなって……」

「もう一度、同じ人に恋? ロマンチックだなぁ」

秀はからかうように笑って、「でもさ」とつけ足した。

「恋って、そんなにがんばってするものかな?」

「……」

恋愛に関しては常にGOサインを出す秀の、珍しいダメ出しコメント。もう無理だって思っているのに、まだがんばろうとしているのを見透《みす》かされたらしい。

美潮はなにも言えず、黙ってうつむいた。

自分のなにを好きになってくれたのか探ろうとしたのだって、最後のあがきみたいなもので、どうにかなるなんて思っていないのかもしれない。

攻略本は見ないと言ってしまったのも、前向きな気持ちからなんかじゃなく、それでもだめだったらどうしようと、知るのがこわくなったからだった。

だけど、もう一度恋をしようと決めたのは、貴俊のことがまだ好きだから……。

「がんばったって、いいんじゃないの？」

慶一がいつもと真逆《まぎゃく》のことを言ったので、美潮は驚いて顔を上げた。

「攻略本見ずに、ゲームするだけだろ？」

お馴染《なじ》みの、しれっとした笑顔。言葉どおり、がんばれと言っているんじゃない。ゲームでもするような気持ちでやれと、言ってくれているのがわかった。

「そうだよ、いっしょに暮らしてるんだ。誘惑しちゃえ」

秀がけしかけると、泰人がやんわりと遮《さえぎ》った。

「シオちゃんは、シオちゃんらしいのがいちばんだと思うよ。誘惑なんかしなくても、年下が苦手なタカを落としたことあるんだから」

「……ですよね」

ちょっと泣きそうになりながら、美潮は笑顔でうなずいた。

三人三様《さんにんさんよう》の心のこもったアドバイス。最後になるかもしれない新しい恋に、ぜんぶまとめて使わせてもらうことにした。

「タカさん、朝のコーヒー、これからはカフェオレにしてほしいんだけど、いい？」

翌日の朝、美潮が申し出ると、

「かまわないけど……なんで急に？」

貴俊はカウンターの向こうで不思議そうな顔をした。

「ほんとのこと言っちゃうと、おれ朝はいつもカフェオレにしてもらってたんだ」

新しい恋を始めるしるしに、まずはそのことを貴俊に伝えた。

自分らしく、がんばりすぎず、ゲームを楽しむと決めたから。

「だったら早く言えよ。遠慮するキャラじゃないだろ」

「だから、今言ったじゃん」

「まぁ、いいけどさ……」

貴俊は苦笑いを浮かべ、カフェオレを作ってくれた。そして、

「この際だから、好き嫌いとかも言っといたほうがいいぞ」

テーブルにまろやかな湯気《ゆげ》の立つマグを置きながら、そんなふうに言う。

いちばん好きなのは、苺とタカさん。

なんて言ったら、どんな顔をするだろう。美潮がじっと見つめていると、

「そ……そんなに考えなきゃ、自分の好き嫌い言えないのか？」

戸惑ったように目をそらし、前の席に座った。

貴俊のリアクションが、電波が通じたみたいで可笑《おか》しい。

美潮は貴俊のトーストにバターを塗《ぬ》りながら、くすっと笑った。

「言わないなら、受け付け締め切るからな」

「いっぱいあるけど、いい？」

「どうぞ」

笑いを堪《こら》えるような顔で、貴俊がトーストを皿に受け取る。

「嫌いなのはピーマンにセロリにブロッコリー、カリフラワー。でもって、好きなメニューはハンバーグにグラタン、オムライス」

「まんま、子供の苦手なものと好きなメニューじゃないか。いまだにそんなこと言ってるって、よっぽど甘やかされて育ったんだな」

「タカさんも、おれのこと甘やかしてたくせに」

どれも作ってくれた。俺にもできる簡単なものばっかり好きでよかったって嬉しそうに言いながら、作ってくれたんだよ。

「言っとくけど、俺は甘やかさないぞ。ピーマンもセロリもガンガン入れて、食えるようにし

てやる」

「えー……」

情けない顔をしてみせながら、可笑しくなってくる。

貴俊はどうして『俺は』と強調するんだろう。前にもそう感じたことがあったけれど、なんとなくわかった気がした。

記憶にない自分の言動をああだこうだと聞かされたら、逆に違うことをしたくなるのかもしれない。それに、人は誰でも考えや行動が変わるのが自然だし、自分だっていつの間にか、思い出の中の自分より、目の前にいる自分を見てほしいと思うようになっていた。

前にも同じことを言ったとか、いつもやっていたくせにとか、そういう発言は控《ひか》えよう。

貴俊が知りたがって、訊かれたときには答えるけれど、それ以外はもう……。

「あ……」

そう思いかけ、美潮は笑ってしまう。

あるがままの自分で恋しようと決めたのに、また逆戻りしてしまった。

でも今、カフェオレ好きをカミングアウトできたから、今日のところはこれでオッケー。

焦《あせ》らずに、がんばらずに、ゲームを楽しむこと……忘れずに。

「今だから言うけど……航兄《こう》が大人のオモチャの会社でバイトしないかって言ったから、言葉どおりにそういう会社だって思ってたんだ」

水族館の巨大な水槽《すいそう》の中、大好きなマンタがひらひらと横切っていくのを見ながら、美潮はまだ貴俊に話していないことを打ち明けた。

理由は単純に、恋に関係ない、どうでもいい話題だったから。

「そのとおりだったろ?」

貴俊の言葉に、美潮は「かもね」と笑った。

初めて事務所を訪《おとず》れたとき、仕事場のドアを開けたとたん、紙飛行機が飛んできて驚いた。貴俊がアイドルグループのPV制作のために、3Dプレーンを作っていたことがわかったけれど、ブロックのテストのあと、採用だと言われ、自分も山ほど紙飛行機を作らされたっけ。

「あのPVは、我ながら名作だったな」

貴俊に話したら、作ったことを覚えていないくせに、嬉しげに自慢した。

「プロセスが楽しめないから、魔法みたいにできちゃうのは好きじゃないんじゃなかったの?」

「俺、映像は得意じゃないから、ラクした気分」

「ふうん……なんか意外」

たいして興味のないふりをしながら、心の中では、この恋もそんなふうに、魔法みたいにもとどおりになってくれればいいのにと思っていた。

朝目覚めたら、貴俊がすっかり記憶を取り戻していたとか。

思い出せないけど、好きになったから今夜からいっしょに寝ようと言ってくれるとか。

ほんとは事故も記憶喪失《そうしつ》も、なにもかも夢だったとか。

そんなありえないことが起きてほしいと、青い水槽の中の泡を見つめながら、本気で思っている自分に気がついた。


マンタは相変わらず可愛《かわい》かったけれど、今日のいちばんの収穫《しゅうかく》は人気者のトドの兄弟に会えたことだった。以前にここに来たときには、トロオもドドタもいなかったから、初めて本物を見られて嬉しかった。

駐車場に向かう途中、仕事ではオトナ可愛いものを創《つく》っているけれど、生きたブサイク可愛いには敵《かな》わないと喜んでいると、貴俊が忘れ物をしたと言いだし、あわてて水族館に引き返していってしまった。

几帳面《きちょうめん》な貴俊でもそんなことがあるんだと不思議に思いつつ、ひとり車の中で待っていたら、さっきまでの楽しい気分が、風船が萎《しぼ》むように小さくなるのを感じた。

でも、ほんとはずっと気づいていた。貴俊が隣にいるときも、スマイリーみたいなマンタのお腹や、拍手やあかんべをするトドの兄弟を見ていたときも……。

楽しもうなんて言葉をわざわざ掲《かか》げている時点で、ほんとはアウトなんだとわかっていた。恋をやり直そうなんて、前向きな言葉を選んだくせに、心の中ではもうだめなんだと思っている。

「お待たせ」

車に乗り込むと、貴俊はイルカの絵のついたショップの袋を美潮に渡した。

「ここのマンボウサブレ、秀がこないだ食べてみたいって言ってたの、すっかり忘れててさ」

わざわざそのために戻って、息を切らして走って買ってきたとか？

「秀さんってこういうの好きなんだ……なんか意外」

袋の中の可愛いパッケージを見て、美潮は首をかしげた。

「もうひとつの箱は、うち用に」

「え？　なに……？」

開けてみろと言うので取り出すと、トドの兄弟のイラストのついたペアのマグカップだった。

マンボウサブレがダミーだったことがわかり、美潮はくすっと笑った。

「タカさんてこういうの好きだよね」

からかうように言いながら、胸がいっぱいになってくる。

べつの水族館で買ったイルカのカップを割ってしまったから、その代わりに買ってきてくれたらしい。あのときはなにも言わなかったのに、ちゃんと心に留《と》めていてくれた。

「ペアが好きなんじゃなくて、トドがだよ」

バックで駐車スペースから車を出しながら、貴俊が苦しい言い訳をする。

「おれも……好き」

タカさんが。心の中でつけ足した。

「それはよかった」

「ありがと」

美潮がお礼を言うと、貴俊はハンドルを切り、「どういたしまして」と笑った。

ペアのカップを買ってくれたのは、自分が割ってしまったことを気にしてたから？

そうじゃなくて、カップルになってもいいって思ってくれたから？

あとのほうなら、ちゃんと言葉にしてほしい。

でも、最初のほうだったら絶対に言わないで。

貴俊にやさしくされるたびに、恋人じゃないことを思い知らされて、こんなにも胸が苦しくなってしまうから……。


バスルームの脱衣所《だついじょ》で、美潮は鏡に映《うつ》った裸《はだか》の自分を見つめた。

『きれいな身体《からだ》だな……』

初めて抱いてくれたとき、貴俊はそう言ってくれた。いい匂いがするとも。

子供扱《あつか》いしていたのに、ちゃんと恋人として扱ってくれて、なにも知らなかった自分に愛される悦《よろこ》びを教えてくれた。

今とあのとき、なにがそんなに違う？

鏡の中の自分に、いや、貴俊に問いかける。

「あ、ご、ごめんっ」

突然、貴俊が入ってきたので、美潮はあわてて背中を向けた。

「悪かった。音しないから、電気つけっぱなしにしてるのかと思って……」

出ていこうとする貴俊の腕を、美潮は振り向きざまにつかんだ。

悪いってなに？　ほんとは恋人だってこと、忘れちゃった？

思わず、問い詰めてみたくなった。

恋人だってこと知っているのに、どうしてふれようとしないのか。好きになってくれないのなら、どうしてそばに置いているのか。なにもかも、ぜんぶ……。

「タカさん、おれ……」

「ごめん……」

けれど貴俊は目をそらし、そそくさとバスルームから出ていってしまい、白熱球《はくねつきゅう》の淡い光の下、美潮は置き去りにされたみたいにひとりぽつんと立ち尽くす。

『誰、このタメ口なガキ？』

記憶をなくした貴俊に、あの言葉を言われたときよりショックだったかもしれない。

誘惑しようとして、思いっきり逃げられてしまった。


オトナ可愛いをテーマにしたファッションショーの舞台装置。アイディアを考えるのも、ソフトで図面を描くのも楽しくて仕方なかったのに、平面から立体の模型《もけい》に起こす作業になると急にペースが落ちてしまった。

手先が不器用できっちり仕上げることができないという、デザイナーにあるまじき欠陥《けっかん》のおかげで、指定された縮尺《しゅくしゃく》どおり厚紙をカットしていく作業が苦痛で仕方ない。

切《き》り損《そん》じた残骸《ざんがい》をばら撒《ま》いたカッティングマットの上、両肘《りょうひじ》をついたまま、アートナイフを弄《もてあそ》びながら、美潮はデスクでため息ばかりついている。

でも、ため息が出るわけは、ほんとは仕事とは関係ないのかもしれない。

「やる気がないなら、そのへんの掃除でもしてろ」

通りすがりに貴俊にナイフを取り上げられ、思わずむっと眉を寄せる。

「考えごとしてただけですから」

「模型起こすのに、なに考えることがあるんだ？」

貴俊はマットの上にナイフを戻し、部屋から出ていってしまった。

誰のせいでフラストレーション溜《た》まってると思ってんだよ。

眠れないほどショックだったバスルームでの出来事が、自分にとっては何日経《た》っても気まずいことで、貴俊にとってはすでにどうでもいいことな気がして、なんだか腹が立ってくる。

おれって、そんなに魅力ない？

立ち上がって、この場で思いっきり言ってやればよかったかもしれない。

と、誰かが眉間《みけん》を指で押した。

「タカはさ、ケガしちゃいけないから言ってくれたんじゃないのかなぁ」

秀に言われ、美潮はしゅんとうなだれる。

「ご……ごめんなさい。わかってます」

「まぁ、なんとなく、どういう状況なのかわかるけどさ……」

にやにやしながら見ているので、思わずにらみつけた。

「秀さん、おれにかまってないで自分の仕事してください」

「後輩の心配するのも仕事のうちだから」

「大丈夫です。ちゃんとやりますから」

「そ？　ならいいけど、御用のときはいつでも……」

「そんなことばっか言ってると、ほんとに電話しちゃいますよ」

「……」

秀は目をまるくした。顔が「マジで?」と言っている。

女の人が好きで好きで好きなくせに、たまに違った味を楽しもうなんて甘いんです。

「なに本気にしてんですか」

美潮は、肩で大きく息をついた。

「それ、気持ち落ち着けるにはいいけど……あんまりため息ばっかついてると、じっさい起きてる以上に不幸気分が盛り上がってくるから、気をつけたほうがいいぞ」

斜《なな》め前のデスクから、こんどは慶一に注意を受ける。

不幸気分が盛り上がる? これ以上? それは嫌かも……。

「てっとり早く浮上したかったら、なんでもいいから笑ってみるんだな」

「ヘコんでるときに笑うって、難しくないですか?」

「難しいって思えば難しくなるし、簡単だって思えば簡単になるし……どっちでも好きなほう選べばいいさ」

「わかりました」

慶一の言葉に、美潮はもうひとつ大きくため息をついた。

「難しいほう、選んだんだな」

「もう、仕事の邪魔しないでくださいっ」

「なにもしてないみたいだったから、声かけたんだけど。そいつは失敬《しっけい》」

「……」

言われたことはもっともで、できることなら慶一のアドバイスに従《したが》いたい。でも、くしゃくしゃした胸の中は、ため息でもつかないと収拾《しゅうしゅう》がつかなくて……。

もどかしさや悔しさがごちゃ混ぜになって、大声で泣きたいくらいだった。

職場だし、子供じゃないし、そんなことはできないけれど……相手にしてもらえないことで、こんなに自分がダメ人間になるなんて、思ってもいなかった。

いつも周りからちやほやされていたのが、原因かもしれない。

なんてほら、また人のせいにしてる。

美潮が大きなため息をつくと、すっと目の前に、甘い湯気の立つカップが現れた。

「このココア、初めて買ってみたんだけど、試飲《しいん》してくれるかな？」

泰人の笑顔に、ふっと力が抜ける。と同時に、ちょっとだけまた泣きそうになった。

「ありがとう……ございます」

「どういたしまして」

「俺にはないの？　そのうまそうな液体」

慶一が言ったので、美潮は思わず笑ってしまった。

恋愛に依存《いぞん》しすぎている自分のことも。

最初は、貴俊が逃げ出すんじゃないかと思っていた。

でも今……ひたすらやさしいだけの関係を終わらせたいと思い始めているのは、自分のほうなのかもしれない。


子供の頃、夏休みの宿題がぜんぜんできていなくて、始業式の日に地球がなくなってしまえばいいと本気で思ったことがあったけれど……。

大人になっても同じことを考えるんだと、我ながら呆れてしまった。

「シオちゃん、ラボに行くんなら、ついでに屋上まで行ってくれない？」

泰人に頼まれて屋上に登っていくと、ガラス張りの扉の向こうで、スプレー缶を手にした貴俊が、秀と立ち話をしているのが見えた。

扉を開けて声をかけようとしたが、

「なにやってんだよ。中学生かよ……」

少し怒ったような秀の口調に、美潮は足を止め、息をつめる。

デザインのことで熱く語ることはあっても、秀が誰かと口論《こうろん》しているところは今まで見たことがなかった。聞いてはいけない話かもしれない。そう思ってドアを閉じかけ、

「ちょっとは、シオの身にもなってみろよ」

自分の名前が飛び出し、思わず耳をすませた。

「思い出せないとか言ってないで、抱いてみりゃいいじゃん。そしたらきっとわかるって、思い出さなくても、自分がどれだけシオのこと愛してたか」

「馬鹿、通販のお試《ため》しスイーツじゃあるまいし……そんなことできるかよ」

「できるできないじゃなくて、ちょっとはシオの身になってみろって話だろ」

「……！」

貴俊が自分から抱きたいと思ってくれるのを、ずっと待っていた。

それなのに、どうして秀さんが言っちゃうんだよ。

美潮はドアを大きく開けると、つかつかとふたりに向かって歩いていった。

「シオ……」

秀がしまったという顔をしたが、かまわず頬をひっぱたく。

「おれ、そんなこと頼んでないから」

「は、はい。すみませんっ、頼まれてませんでした」

頬を押さえながら、秀があわてて謝った。

「おれのこと愛してくれてたタカさんが戻ってくるの、我慢して待ってるのに……なんでなんでそういうこと…っ…」

言いかけて、美潮は貴俊の顔を見た。

傷ついたような表情で、黙ってこっちを向いている。

我慢してるなんて言ってしまった。記憶を取り戻せないこと、いちばん気にしているのは貴俊なのに……。

「タカ……悪かった。前言撤回《てっかい》させてくれ」

「いいんだ。聞かなかったことにするから」

ため息をつき、美潮から目をそらす。

秀の失言を許したというよりも、そんなこと聞きたくなかったと言っているのがわかる。

さっき秀に試してみろと言われて、貴俊はできるわけないと怒っていた。

海で好きになったときのこと思い出せないと言われても、バスルームで誘惑しようとして逃げられても……貴俊が好きだから、あきらめずにがんばろうと思うことができた。

だけどもう、恋する勇気も元気もなくなってしまった。

応接室で来客が待っていると伝えたが、

「わかった。今行く」

貴俊は目を合わそうとはせず、階下へと降りていった。

ゆっくりと閉じるガラスの扉を見ていたら、

「シオ、ごめんっ」

秀に平謝《ひらあやま》りされ、美潮ははっと我に返った。

考えてみれば、秀は自分が言いたかったことを代弁《だいべん》してくれただけで……しかも、会社の先輩だった。なにがあっても、ひっぱたくなんてことはありえない。

「こっちこそ、ごめんなさいっ」

美潮は急いで、秀に頭を下げた。

「へーきへーき、こういうの慣れてるから」

秀は気まずそうに頭に手をやりながら、苦笑いを浮かべた。

そういえば、部屋に行ったときに繰り広げられた修羅場《しゅらば》でも、二股《ふたまた》していた彼女の両方から、バッグで殴《なぐ》られたり蹴《け》られたりしてたっけ……。

手すりに顔を突っ伏し、美潮はくすくすと笑った。

「いや、ほんと……申し訳ない」

「秀さんって、チャラいとこもあるけど……」

「ちょっと待った。念のために言っとくけど……いい人ってのは、褒《ほ》め言葉じゃないからね」

「じゃあ、言うのやめます」

美潮が顔を上げると、秀は「あはは」と力なく笑った。

秀みたいな人が相手なら、思ったことはなんでも言えて、すれ違いなんて起きない気がする。

恋人だった頃、ケンカをしても仲直りをしたことがなかったのは、いつも貴俊が自然に折れてくれていたからだけど……今回はどうだろう。

恋になる前に、終わってしまうのかもしれない。


帰りの車の中、美潮はちらりと貴俊の横顔を見た。

ふたりきりの密室なのに、屋上で起きた出来事について、貴俊はなにひとつ語らない。

聞かなかったことにするという言葉どおり、なかったことにしてしまったらしい。

そんなこと、自分にはできない。頭の中では後悔の渦《うず》がぐるぐる回っている。

どうしてあのとき、飛び出していったりしたんだろう。

自分が割り込んでいなかったら、貴俊は今夜、自分を抱いてくれたかもしれないのに……。

たとえそれが同情だとしても、お試しだとしても。

「来月、誕生日なんだってな」

「……うん」

スタッフの誰かが気を利《き》かせて、貴俊に教えてくれたようだ。

「プレゼント、なにが欲しい？」

大事なことを無視して、どうでもいい話を振ってくる貴俊が憎らしい。

美潮はしばらく考えて、「タカさん」と答えた。

「ん？」

困らせてやろうと思って言ってみたのに、ぜんぜん気づいていない。

「タカさんに選んでほしいんだ。何度もデートして、いろんな話聞かせたんだから、なにがいちばん欲しいかくらい、わかるよね？」

訴《うった》えるように見つめると、

「わかってるけど……それは難しいと思う」

貴俊はぼそっとつぶやいた。

難しいと言われ、思わずどきっとなる。

タカさんが欲しいと暗に仄《ほの》めかしたこと、気づいていたけどそれだけは困る。そう言われたんだろうか……。

「シオがいちばん望んでるのは、俺が記憶取り戻すことだろ。ちょうど誕生日に合わせて思い出すとか、ドラマや映画ならありそうだけどさ」

苦笑いを浮かべる貴俊に、美潮は安堵《あんど》と落胆《らくたん》の入り混じったため息をついた。

過去を思い出してほしいわけじゃない。貴俊がくれるものなら、ほんとはなんだっていい。

今ここにいるおれのこと、まっすぐに見てほしいだけなのに……。

「なにそれ……そんなこと、頼むわけないじゃん。できないことくらい、わかってるよ」

どうしてこんな言葉しか出てこないんだろう。

「やっぱいい。なにもいらない」

大好きな人のことを困らせて、いったいなにがしたいんだろう。

失うだけで、なにも手に入らないことがわかっているのに、どうしても止められない。

「ほんとはおれ、今なんにも欲しいものないんだ。だから、タカさんがどんなに想像力使って考えても、どんなにいいものくれても……喜べないから」

「そんな寂しいこと言うなよ」

貴俊はひたすらやさしくて、ますます気持ちがねじれてしまう。

「寂しいんなら、猫でも飼《か》えば？」

「え？」

「タカさん前に言ってたんだ。おれとつきあう前、失恋して寂しかったから猫飼うつもりだったって……」

「そんなこと……今、関係ないだろ？」

「関係あるよ。おれ、猫の代わりするのはもう……」

言いかけたとき、信号機が黄色から赤に変わるのが見えた。

気がつくと、車が完全に停止するのを待たず、ドアから飛び出していた。

「シオっ」

車から降りた貴俊が叫ぶのが聞こえたが、美潮は振り向かず駆けだした。

「それって、俺のせい……だよな?」

驚いている秀に、美潮は首を横に振った。

貴俊の車から逃亡したあと、家には帰らず街をさまよい、その間に何度もかかってきた貴俊からの電話を無視し、行くあてがないことに気づいて秀のマンションに来てしまった。

飛び出してきたときには、怒りと自己嫌悪《けんお》でいっぱいだったのに、歩き回っているうちに、抱えていた思いの正体が、ほんとは寂しさなんだと気がついた。

「おれのこと愛してるって言ってくれたタカさんは、もうどこにもいなくなっちゃったんだと思う」

玄関で突っ立ったまま、美潮は秀に訴える。

「へ……?」

秀はきょとんとなったかと思ったら、急に声をたてて笑いだした。

泰人にやさしくなだめられたりしたら、甘えてしまってぐだぐだになりそうだし、慶一に相談したら、痛いところをずけずけ突っ込まれて立ち直れなくなるのが目に見える。こんな状態のときには、秀に軽いノリで慰《なぐさ》めてもらうのがいちばんいいと思ったのに……。

「なにが可笑《おか》しいんですか」

「愛してるって言ったんだ? あのタカが?」

そこ？　どうでもいいことにウケている秀を、美潮はキッとにらんだ。

「いや、ごめん。けど……終わりにするってのは、本気じゃないよな？　ただの痴話《ちわ》ゲンカなんだろ？」

だったらいいけど、そうじゃない。美潮は無言で唇を噛んだ。

「おれは変わってないのに、好きになってくれない。タカさんが前に好きになってくれたのって、勘違いしたんだと思う」

「勘違いって……まぁ、恋なんてのはだいたい勘違いだから、間違いとは言えないけど……」

「……」

そんなことないって否定してもらいたかったのに、思いっきり肯定《こうてい》されてしまった。

美潮がしゅんとなるのを見て、

「とにかく上がって」

秀は美潮の腕を引き、部屋に招き入れた。

「とりあえず、なんか飲もうか？　ビールしかないけど」

リビングに通され、ソファでも床でも適当に座ってと言われたので、美潮はクッションを抱《かか》え、ソファを背もたれにして絨毯《じゅうたん》の上に座り込んだ。

前に来たときにも思ったけれど、本人が手掛けた作品はどれもポップで派手なのに、カーテンや家具などインテリアが地味なほどシンプルで、無駄《むだ》なものがいっさい置かれていないのが、やっぱり不思議だ。

ローテーブルはピカピカで、絨毯には埃《ほこり》ひとつ落ちていない。

チャラっぽいふりで、ほんとはすごくまじめだったりするのかも……。

「アルコールはやめときます。そんな気分じゃないし……酔っ払ってわけわかんなくなって、秀さんとヘンなことになったら困るし」

美潮が断ると、秀は首をかしげ、なにか考えているような顔をしていたが、

「ヘンなことって、どんな？」

にやにやしながら訊いてくる。やっぱり不まじめだ。

「秀さんが今考えてるようなことですよ」

美潮が後ずさりするのを見て、秀は「マジで信用ないんだな」と苦笑いを浮かべた。

「じゃあ、慶一と泰人呼ぼう。それならいいだろ？」

「秀さんちなんだから、どうぞご自由に」

「だよなぁ。俺んちだもんな、シオに許可とることないよな」

秀がメールを打つのを見て、美潮は抱えたクッションに顔を埋《うず》めた。

「どうぞ」

しばらくすると、目の前にグラスが置かれたのがわかった。

「こんなもんしかないけど。ま、一杯」

嬉しそうに、秀が缶ビールのプルトップを引く。

「押しかけといて、文句言うのもなんだけど……なんかもっと上等なお取り寄せ品とか、ないんですか？」

テーブルに置かれたポテトチップスの袋を見て、美潮は不満顔をしてみせた。

「会社で共同購入して、みんなでワイワイ食べるのが楽しいんだよ。家でひとりで飲むのに、上等なもん食ってもなぁ」

「彼女のお試しばっかしてないで、ひとりに絞《しぼ》ればいいのに……」

美潮はポテトチップスの袋を開けながら、投げやりなため息をつく。

「俺のことは置いといて……タカとはもう終わりって、ほんとに本気なのか？」

確認するように訊かれ、

「そ……そうですけどっ」

思いっきり言ったら、袋が大きく破《やぶ》れ、チップスがぶわっと宙《ちゅう》に舞った。

「ご、ごめんなさいっ」

あわてて、テーブルの上に散らばったチップスを拾い集めようとすると、

「だったら、もう話してもいいよな」

秀がまじめな顔で訊く。

「どうしてあの夜、タカがシオのこと連れて帰ったのか、知りたがってただろ？」

「……」

貴俊の攻略法。秀たちに訊いたことがあったっけ……。

チップスをくわえたまま、美潮は思わず真剣な顔でうなずいた。

「まず、シオはあんまり誰の前でも飲みすぎないほうがいいと思う」

「……！」

がくっとなり、秀をにらんだ。

「だったら、どうしてビールなんか出してくるんですか？」

「俺は酔っ払ったシオ、嫌いじゃないから」

「そんなことばっかり言って、おれが秀さんのこと好きになったら困るんでしょ。そういう冗談、こんな気分のときに言わないでください」

「あれ？　つけこむスキ見せるんだ？　シオってもっと一途《いちず》だと思ってたけど、けっこう小悪魔なんだな」

教えてくれるなんて言って、結局からかっているだけらしい。

「おれ、帰ります」

美潮は立ち上がろうとしたが、

「帰るってどこに？」

「……」

帰る場所がなくなったことに気づき、美潮は床に戻ってクッションを抱いた。

「俺ってほんと、信用ないんだな」

「あ、あるわけないじゃないですか」

「じゃ、なんで泰人や慶一のとこに行かずに、俺の部屋に来たわけ？」

「……」

まっすぐに見つめられ、美潮は返す言葉が見つからない。

秀なら気を遣《つか》わずにすむし、ノリで浮上《ふじょう》させてもらえるなんて調子のいいことを思っていたけれど……。

「あっ、来た」

インターフォンが鳴り、美潮は逃げるようにばたばたと玄関に走った。

危ないところだった。美潮はほっとしながら、玄関の鍵を開ける。

「慶さん？　それとも泰さ……」

渡りに舟とばかりドアを開いた瞬間、美潮は目をまるくして固まった。

なんで……？

目の前に現れたのは慶一でも泰人でもなく、貴俊だったのだ。

「なんだよ……いいとこだったのに、招かれざる客が来ちゃったか」

秀がやってきて、残念そうに言う。

一瞬、どうしてここがわかったのかと思ったけれど、

「おまえが呼んだんだろ」

貴俊が言うのを聞いて、はっとなる。

「誰呼ぶのも俺の自由、なんじゃなかったっけ？」

しれっと惚《とぼ》ける秀をにらみつけ、美潮は貴俊の脇《わき》をすり抜けた。

「お邪魔しました。サヨナラ……あっ」

ドアから出ていこうとして、強く腕をつかまれる。

「な……なんだよ」

振りほどこうとしたが、放してくれない。

「晩メシできたから迎えに来たんだろ」

そういう理由？　貴俊に背を向けたまま、美潮は眉を寄せた。

「ひとりで食べればいいじゃん」

「ふたりぶん作ったのに、もったいないだろ」

「……」

ほかに言うことないわけ？　美潮は貴俊の手を振りほどき、ドアから飛び出した。

マンションの廊下を、エレベーターホールに向かって走った。なのに、エレベーターがなかなか上がってこない。階段がどこにあるかわからず、辺りを見回していたら、

「そんなもん履《は》いたまま、電車に乗る気か？」

貴俊が片手にスニーカーを持ってやってきた。

はっとして足元を見ると、秀の家のスリッパを履いたままだった。

笑いながら、貴俊がスニーカーを差し出してくる。

美潮はカッと赤くなり、貴俊の手からスニーカーを奪《うば》い取《と》り、あわてて履こうとした。

「あ、あれ……？」

けれど、焦って靴紐《くつひも》がうまく結べない。

「ほんと、おまえは面白いオモチャだな」

見かねた貴俊が腕をつかみ、美潮を立たせた。

「な、なんだよ……」

焦って手を振り払ったら、笑いながら屈《かが》み込《こ》み、靴紐を結んでくれる。

ファスナーをかけてくれたときと同じ、また泣きそうになったけれど、悔しいから我慢した。

どうせオモチャだよ。ガキだよ。

相手にしてもらえない腹いせに、最後の最後に嚙《か》みついてやろうと思ったが、

「どっかに行っちまったやつのことなんか、もう忘れろ」

唐突《とうとつ》に言われ、美潮はきょとんとなった。

やつって誰？　意味がわからず、訊き返すように貴俊のつむじを見つめる。

手早く靴紐を結び終わり、貴俊は立ち上がりながら言った。

「おまえがずっと会いたがってた、記憶の中の俺じゃなく……今ここにいる俺のこと見てくれって言ったんだよ」

「……」

美潮は驚き、貴俊を見つめた。

貴俊はよく、記憶を失う前の自分のことを、まるで別人のように言っていた。

何度か聞かされ、不思議に思っていたのに……自分の気持ちでいっぱいいっぱいで、貴俊の思いには気づいていなかった。

「人が告ってるんだから、なんとか言えよ」

怒っているような照れているような……初めて見る貴俊の表情。言いたいことが山ほどあったのに、胸がいっぱいでなにも言えなくなってしまう。

恋人だったってこと、ちっとも受け入れてくれないって悩んでいたのに、貴俊が自分と同じことを思っていたなんて……。

「……っ……」

ずっと我慢していた涙が、堪えきれずに浮かんでくる。

「な……泣くなよ。おまえのこと忘れちまったやつに、好きだなんて言われても、困るだけで嬉しかないだろうけど……」

肩に手をかけようとして、まだ躊躇《ちゅうちょ》しているのがじれったい。

「おやまぁ」

ふたりを追ってきた秀が、呆れたように肩をすくめて笑った。

いっしょに笑いたかったけれど、嬉しいんだか情けないんだか……涙が止まらない。

「なにが可笑しいんだ」

秀に嚙みつこうとする貴俊の腕を、美潮は軽く引っぱった。

「おれが秀さんたちに相談したのと同じこと、タカさんが言ったから……だよ」

「……」

貴俊が驚くのも無理はない。自分だって、貴俊に聞かされるまで知らなかった。

「おれ、タカさんに早く記憶取り戻してってずっと言ってたけど、途中からだんだん思い出デートが嫌になってきたんだ。タカさんが過去のことばっかり訊いて、それしか興味持ってくれなくて……目の前にいるおれのことちっとも見てくれないから……」

「そ、それは……」

「大人だから必死に我慢してました。手出したくてたまらなかったのに。ってことだよね？」

秀につっこまれ、貴俊は力が抜けたような顔で、はぁっとため息をついた。

「秀、おまえは……」

「ほんとのこと、言いすぎた？」

秀が冗談っぽく首をかしげるのを見て、「いや」と貴俊は苦笑いをする。

「シオが記憶の中の俺のこと、必死に探してるから、俺……過去の自分に嫉妬《しっと》してたんだよ。もうここにはいないのに、いつまでシオの気持ちひとり占《じ》めしてんだよって……だから、シオがあいつのこと忘れてくれるまでは、手は出せないっていうか……」

なんじゃそれと、秀は大げさに肩をすくめた。

「あいつって、タカだろ？　シオのこと抱いたら、強姦《ごうかん》にでもなるとか思ってたわけ？」

「そういうことだろうが」

だから、キスもエッチもしてくれなかったとか？

思わず、身体から力が抜けそうになった。

秀が手を上げたまま、呆れたように首を振る。

「……マジですか？」

同感、と言いたいところだけれど……。

「知らなかった。タカさんって、そういう人だったんだ。過去の自分にまでやきもち、焼くなんて……」

笑いながら、美潮は手のひらで涙を拭《ぬぐ》った。

「当たり前だ。俺も……知らなかったんだから」

貴俊が赤くなるところなんて、初めて見た。なんだか自分まで恥ずかしくなって、顔が熱くなってくるのがわかる。

貴俊が記憶を失くしてすぐの頃、貴俊以外のスタッフなら、この事態にどう対処するだろうと考えてみたことがあった。あのとき、貴俊がどうするかだけはわからなかったけれど、どうやらこれが答えだったらしい。

「馬鹿ばかし……いや、やっと元の鞘《さや》に……あ、違うか？　なんていうんだ、この場合？」

秀が腕組みをし、首をかしげるのを見て、美潮は涙ぐんで笑った。

「同じ人のこと、もう一度好きになっただけだよ」

「いいなぁ、それ。俺もそんな恋してみたいなぁ……」

「あの……秀さん。これ、ごめんなさい」

美潮は外に履いて出てしまったスリッパを、秀に差し出した。

「これ持って、とっとと消えろってことですね。はいはい、失礼しました」

「そういうことだ」

貴俊に背中を押され、秀はやれやれと言って去っていく。

「秀さん、ありがとう！」

美潮の声に、秀は後ろ向きのまま手を振り、部屋に戻っていった。

「質問していい？」

ふたりきりになったから、いちばん気になることを訊いてみる。

「なんだよ？」

「今夜からはもう、ソファで寝ないよね？」

顔を見上げると、

「当たり前だろ」

迷わず答え、ぎゅっと美潮を抱きしめてきた。

一日だって忘れたことはなかった。シャツ越しの体温と、しっかりとした身体の感触。そして、身体じゅうで感じるこの安心感。

大好きな人が……戻ってきてくれた。

「お帰りなさい」

「これから家に帰るんだろ」

「そう言うと思った」

美潮がくすっと笑うと、貴俊は悔しそうな顔をして、「可愛くないやつ」と言いながら唇を重ねてきた。


家に戻るまでの時間がもどかしく、信号待ちの車の中で、マンションのエレベーターの中で、失った時間を取り戻すように何度もキスをした。

玄関の鍵を開けるとき、焦って手間取《てまど》る姿を初めて見た。

靴を揃《そろ》えるのも忘れ、寝室のドアは開け放ったまま、脱ぎ捨てた服が床に散らばっている。几帳面な貴俊にあるまじき行為。新鮮で、どきどきしてしまう。

「自分で買ったベッド、やっと試せるね」

貴俊の心境が知りたくて、厚い胸を指でなぞりながら、そんなふうに言ってみた。

予想では、どきっとした顔をするか照れて横を向くかだったのに、貴俊は美潮の指を握り、真剣な顔になる。

「前の俺と……比べるなよ」

「なにそれ……元彼と比べるなって言ってるみたい」

本気で言っているらしい貴俊に、美潮は小さく吹き出した。

「笑うなよ。俺にとっては、それに近い感覚なんだから」

あんなに何度もキスしてくれたのに、まだそんなこと言うなんて……。

半《なか》ば呆れつつ、顔を見上げる。

「同じじゃないの？　こういうのって」

「いや……」

「自信ないんだ？」

悪戯《いたずら》っぽく訊いてみたら、それはないときっぱりと答えた。

だったらなに？　なんなわけ？　じれったくなり、美潮は不満顔で貴俊を見つめた。

「期待されても……俺は、愛してるとか可愛いとか……そういうこと絶対に言えないからな」

そういう話？　根がまじめな人はこれだから困ってしまう。

「言いたくないこと、言わなくていいよ。おれ、今のタカさんのことしか見てないから」

まっすぐ見たまま、訴える。

この言葉に嘘はないけれど、本当のことを言えば……過去の貴俊も今の貴俊も、自分にとっては同じ人。相手が変わったんじゃなく、ひとりの人と別バージョンの恋をしているだけ。

「そう言われると、なんかあっちが気の毒になってきた」

「……」

あんなに切羽詰《せっぱつ》まっていたくせに……この期《ご》に及んでも煮えきらない貴俊を、どっちも自分だろと、蹴ってやりたくなった。

「タカさん、ほんとは自信ないからそんなこと……んっ」

蹴飛《けと》ばす代わりに文句を言おうとしたら、いきなり唇を塞《ふさ》がれた。

握っていた美潮の手を下ろしながら、腰に腕をまわしてくる。

都合が悪くなるとキスする癖は同じ。比べたりなんかしないと言ったばかりだけど……。

前とは少し違うキス。

もしかしたら今までにない体験ができるかも……なんて、ちょっと期待してしまう。

けれど、さっきまで頼りない言葉をつぶやいていた貴俊の、まるで別人のような熱情に、冗談半分に抱《いだ》いていた期待など、どこかにかき消されてしまった。

「ん……ふ…っ…」

舌をからめながらベッドに押し倒すと、ふれることのできなかった時間を埋めあわせるように、貴俊が覆いかぶさってくる。

やさしいだけじゃない、少し乱暴な振る舞いに、驚きつつもときめいている。

待ち焦がれていた、男らしい身体と肌の匂い。

抱きあわなければわからない、心地よい筋肉の感触と、愛《いと》おしい重み。

ふれあった部分が、弾《はじ》けそうにお互いを求めているのがわかった。

「タカさ……っ……」

痛いようなキスを身体じゅうに落とされ、美潮は身を反《そ》らし、貴俊にしがみつく。

男っぽいけれどセクシーで、エスコートするようなスマートなセックス。それが貴俊のベッドでの印象で、こんなふうに昂《たかぶ》っている貴俊を見るのは初めてだった。

いったい貴俊は、いつから自分をこんなふうにしたいと思っていたんだろう。

そう思ったら……胸じゃなく、身体の奥が切なく疼《うず》いた。

やがて、貴俊が足首を抱え上げ、なにかの合図のように、美潮の踝《くるぶし》に小さなキスをする。

待ち焦がれていたそのときが訪れ、美潮は迷わず貴俊に身体を開いた。

「ん……っ……」

愛されているという思いだけで、溶けそうにやわらかくなった身体は、押し入ってくる貴俊の昂りを、自然なことのように受け入れる。

熱を帯《お》びた貴俊の肌。いつものシャンプーと汗の匂い。

自分の中に貴俊がいる。感じてくれている。

蕩《とろ》けそう……。

迎え入れた貴俊の熱と、逞《たくま》しいその脈動に、気が遠くなっていく。

いつもならそれだけでもう限界なのに、今日はそれでも足りなくて……。

「タカさんの好きにして……」

自分はこの身体を知っているけれど、貴俊にとっては初めての場所。深く奥まで探って、すべてを知ってほしい。感じてほしい。そう思ってしまう。

「タカさ…っ…」

息がつまるほど抱きしめられ、貴俊の腕の中で溺《おぼ》れそうになる。

それなのに……不思議だった。

光の粒が降《ふ》り注《そそ》ぐ水族館の青い水槽の中を、揺られながらゆっくりと落ちていくような、そ

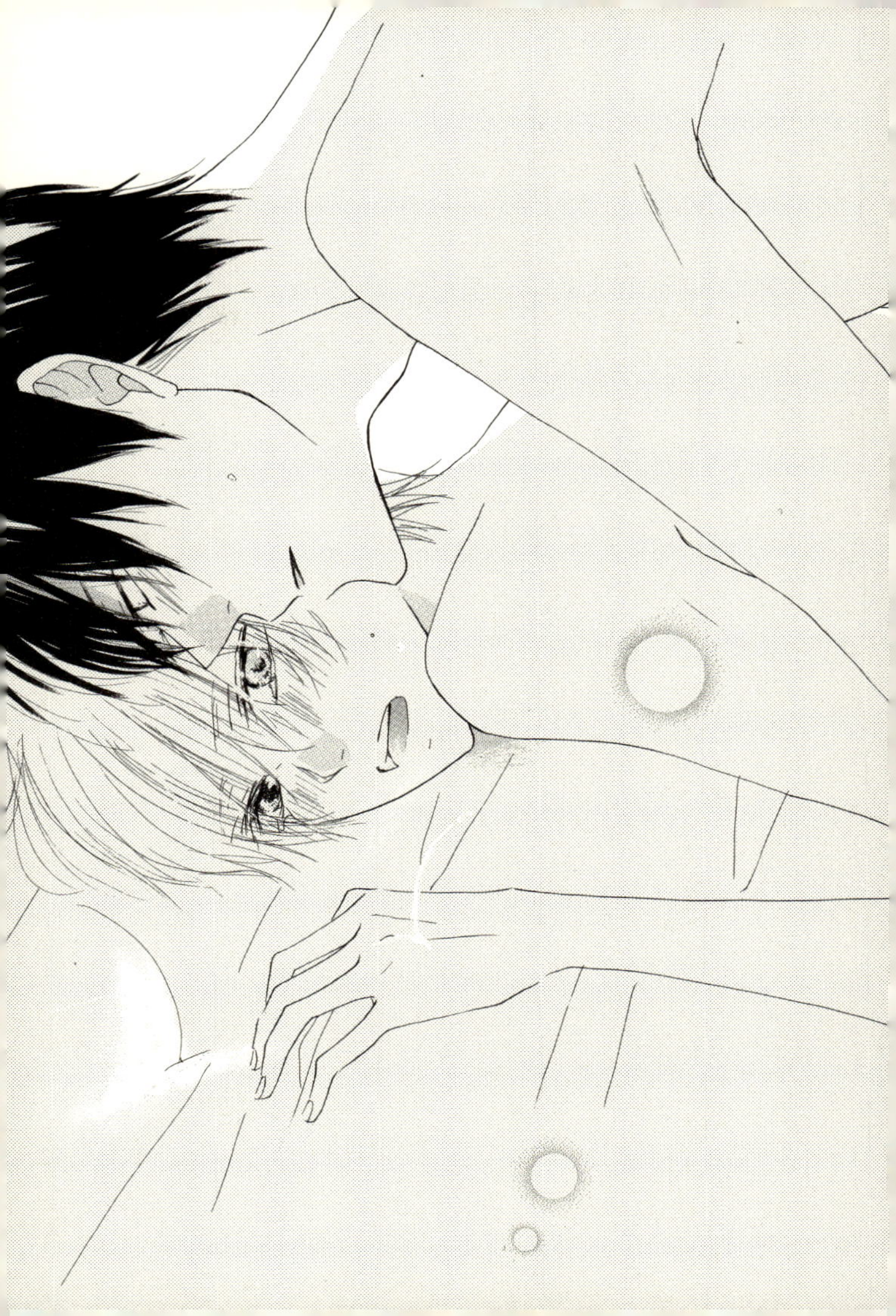

んな安らかな気持ちにさせられる。

そして、貴俊が身体を深く沈めるたびに、治り切らない傷口のようなスキマが、やさしく温かいなにかに満たされていくのがわかった。

「はぁ……っ……」

欲望を解き放ち、意識がここに戻ってくると、ライトを落とした寝室に、窓から明るい光が降り注いでいるのに気がついた。

『明日は満月だぞ』

貴俊が記憶を失う前の晩の、他愛《たわい》もない会話が蘇《よみがえ》ってくる。

『だから、なんだよ』

拗《す》ねていたから、そんなふうにしか答えられなかった自分。

『俺がオオカミ男になる夜なのにって話』

貴俊は気にもせず、楽しそうに笑っていた。

『発情したオオカミになって、あの大きなベッドでひとりで寝れば?』

意地悪な言葉を返したのに、貴俊は言ってくれた。

『愛してるよ』

よく言うよなんて思いながら、ほんとは嬉しくて仕方なかった。

「シオ……?」

名前を呼ばれ、顔を見上げると、貴俊が心配そうな顔で見つめていた。

あの夜のこと、この人は知らない。でも……。

「もっと……タカさんが欲しい……」

ベッドの中ではいつもされるがまま、こんなふうに自分から求めたのは初めてだった。

いつだって愛されることが快感だったのに、初めて思った。応えたい。与えたい。

貴俊は少し驚いたような顔をしていたけれど、

「喜んで……」

すぐに、やさしいキスをくれた。

愛してる。

一生口にしないと思っていたその言葉を、貴俊に抱かれ、疲れて眠りにつくまでずっと、何度も何度も、美潮は身体じゅうで貴俊に伝えていた。

6

記憶喪失《そうしつ》前の貴俊《たかとし》と、その後の貴俊。ふたりには違うところがあったのだけど、恋人に戻った日を境《さかい》に、微妙に混ざりあってきている気がする。

貴俊の記憶は戻らないままだったが、貴俊も『あいつ』とか『あっち』とか言うことが減ってきたし、ふたりのあいだでも、それをジョークにすることもなくなっていた。

やっぱり、エッチは大事だよね……。

パソコンに向かい、イルカのテープディスペンサーの図面を描きながらにやにやしていたら、「中断できるようなら、ちょっと来てくれるかな？」

泰人《やすひと》にミーティングルームに来るようにと言われた。

「なんですか？」と訊いたのに、「とにかく来て」と深刻そうな顔で教えてくれない。

ふと気づくと、ほかのスタッフの姿が見当たらないし……もしかして、最近ちょっと浮かれすぎだと説教でもされるんだろうか。

ほんとのことだから仕方がないと、覚悟しながら泰人といっしょに螺旋《らせん》階段を降りていくと、

「シオ、ハッピーバースデー！」

いきなりみんなに言われ、美潮《みしお》は目をまるくした。

「タカが完全に忘れてるって言ったけど、ほんとに今日が誕生日だってこと忘れてたの？」

さっきまで難しい顔をしていた泰人が、ふわりと笑った。

「は、はい……完全に」

驚いた顔のまま、美潮はこくこくとうなずいた。

変わった会社なのは知っているけれど、職場で誕生日のサプライズパーティーをしてもらえるなんて、夢にも思っていなかった。

「タカとラブラブになって、浮かれちゃってんじゃないの？」

秀《しゅう》に図星《ずぼし》を指され、貴俊の顔が見られない。

美潮は赤くなりながら、秀が引いてくれた椅子に着く。

「あの、もしかしてこれ……」

牛柄模様のテーブルには、見覚えのある大きなバースデーケーキ。彼女の誕生日のために取り寄せるからと、秀がどれがいいか選んでほしいと言うので、宝石箱みたいに苺《いちご》やラズベリー、ブルーベリーなど七種類のベリーをちりばめたケーキをチョイスした。あのときのお取り寄せは、今日のためだったらしい。

そして、もうひとつ。ランチタイムにぴったりな、素敵なものが用意されていた。

「デコレーションケーキにお茶とおにぎりってのが、ミスマッチでいいだろ?」

慶一《けいいち》の言葉に、美潮は目を輝かせてうなずいた。

ネットショップであれもこれもと注文していたごはんの友を、これでもかと使った色とりどりのおにぎりは、泰人が早起きして作ってきてくれたのだそうだ。

どれも死ぬほどおいしそうで、視覚の刺激だけでお腹がくーくー鳴っている。

「なんかおれ……すっごい幸せかも」

美潮が感激していたら、

「ほんとにおまえは食いしん坊万歳《ばんざい》だな」

隣から憎らしい声がする。

「なんだよ、タカさんだって……」

「はいはい、誕生日にケンカしない。それより、こんなものが届いてましたよ」

ラッピングされた箱といっしょに、秀がふたりのあいだに割って入ってきた。

「誰からだろう?」

「農園直送で、送り主の名前が書いてないんだよな」

「生ものシール貼ってあるから、急いで開けたほうがいいぞ」

周りから急《せ》かされ、さっそく包装紙を開いてみると、

「あっ……」

桐箱《きりばこ》入りの立派な苺が現れた。美潮が驚くのと同時に、

「これっ、笹森《ささもり》農園のピーチベリーじゃん！」

秀が悲鳴のような声をあげる。

「季節限定、数量限定。ここの農園でしか栽培《さいばい》してないっていう、めったに拝《おが》めない超高級お苺さまだよな？」

「すごい甘い香り……苺畑にいるみたい」

慶一と泰人も、そばで見ようと美潮の周りに集まってきた。

ルビーのように艶《つや》やかな赤い実は、中の果肉《かにく》が薄桃色《うすももいろ》で、まるで水蜜桃《すいみつとう》みたいに甘いのだという。自分がこれを食べたがっていたのを知っているのは……。

「もしかして、極甘《ごくあま》の兄貴たちからじゃないのか？」

慶一に訊かれ、美潮は首を横に振る。

「航《こう》兄も洋《よう》兄も気前いいけど、グルメにぜんぜん興味ないから、こんなレアなもの絶対に送ってこないと思います。それに……」

「タカ、どうかした？」

泰人の声に、美潮はあわてて貴俊を見た。

「いや、俺はべつに苺大好きってわけじゃないんだけど、これ見た瞬間、なんでだかすごく嬉しいようなワクワクするような……幸せな気分になったっていうか……」

「なんだよ。まだわからないのか？」

慶一が呆れたように眉を上げるのを見て、秀がふっと微笑んだ。

「タカ、おまえが贈ったんだよ。この苺」

「俺……？」

「誕生日に届いたときのシオが喜ぶ顔思い浮かべて、ワクワクしながら注文したんだろ。今感じてるのって、そのときの気持ちなんじゃないのか？」

慶一は、拳《こぶし》で胸をとんと叩いて笑った。

苺を見つめたまま、なにかを思い出そうとしている貴俊に、

「タカさん、無理に思い出す必要ないから」

美潮は泣きそうになりながら言った。

「おれ、これ見た瞬間にわかったよ。予約してくれてたの、タカさんだって」

「……！」

目を瞠《みは》り、貴俊が顔を上げる。

「けど、それは俺じゃない。シオが苺好きだなんて俺は……」

「タカさんだよ。ほかの誰だって言うんだよ」

美潮はきっぱりと言った。

貴俊に抱かれて、はっきりとわかった。でも、それは自分がそう感じただけ。物的証拠を出

さなければ、貴俊は納得しないだろう。

「一度でいいからピーチベリー食べたいって言ったの知ってるの、タカさんだけだし……それに、二月にタカさんちに泊まったとき、夜中に起きたらベッドにいなかったことあって……」

「お泊まりして、仲よくいっしょに寝てたって話ですか？」

茶々《ちゃちゃ》を入れる秀を、美潮はじろりとにらんだ。

「リビング行ったら、タカさんがノートパソコンでネット見てて……声かけたら、企業秘密だってあわてて閉じたから、エロいサイトとか見てたのかなって気になってたんだけど……」

「シオに内緒で予約してたんだ？」

たぶんねと、美潮は小さくうなずいた。

「俺も予約したのはタカだと思うけど、シオが目撃したときが苺のお取り寄せとは限らないし、マジでエロいサイト見てたんじゃないのか」

慶一にからかわれ、貴俊は嫌そうな顔になる。

「俺に訊くなよ」

「記憶喪失ってのは、こういうときは便利だな」

「タカがそんなもん見るわけないだろ、シオちゃんがいるのに」

「そ、そうだよ。覚えてなくても、それだけは断言できる、うん」

貴俊が、素早く泰人に便乗《びんじょう》する。

「そういうことにしとくか」

慶一と秀が顔を見あわせるのを見て、泰人が「しとこうよ」と笑った。

「おまえらな……」

「タカさん、ありがと」

美潮が笑顔でお礼を言うと、

「身に覚えないから、どういたしましてってのもな……」

貴俊は苦笑いを浮かべた。

「苺もだけど、今の……嬉しかった」

「え……？」

「エロいサイトは絶対に見ませんってやつだろ」

秀に茶化され、貴俊が照れくさそうに横を向く。

貴俊の背中に、思いっきり抱きつきたかったけれど……一応、職場なので我慢した。

「ていうかさ……タカ、近いうちにぜんぶ思い出しちゃうんじゃないの？」

秀の問いかけを受け、慶一がにやりとほくそ笑む。

「それはもう、どっちでもいいっしょ」

「思い出す必要なくなっちゃったもんね」

ケーキのロウソクに火をつけながら、泰人が言い添える。

三人の言葉に、美潮はきっぱりとうなずいた。

ちらりと貴俊のほうを見ると、勝《か》ち誇《ほこ》ったような顔をしている。

困った人だ。でも……。

どちらかといえばつらいことのほうが多かったのに、今思うとすごく幸せな日々だった気がするのはどうしてだろう。

同じ人にもう一度、恋ができたから？　もう一度、好きになってもらえたから？

ベッドの中で、貴俊はひとりしかいないと実感したはずなのに……。

どっちのほうが、おれのこと愛してたと思う？

いつか貴俊が、失ったパズルのピースを取り戻すことがあったなら、好奇心に負けて……訊いてしまうかもしれない。

すねてる
困ってる
Strawberry Complex!
ストロベリー・コンプレックス

「歓迎してないのに、なんで歓迎会なんか出なきゃいけないんだ」

気が進まないと言いたかっただけなのに、思わず誇張《こちょう》したのが間違いだった。

「タカ、ちょっと……」

ティーカップをのせたトレイを手にした泰人《やすひと》が、小声で言いながら蒼《あお》ざめるのを見て、貴俊《たかとし》はあわてて後ろを振り向いた。

リュックを肩にかけ、出社してきた美潮《みしお》がこっちを見て立っている。

本人が入ってくるとわかっていたら、こんなことは絶対に言わなかった。しまったと思ったが、もはやあとの祭り。

「いや、あの……今のは冗談で……」

「気にしないでください。おれ、最初からタカさんに気に入られてないの知ってますし……」

いつも生意気な口をきく美潮が、泣きそうになりながら笑顔をつくるのを見て、さすがに悪いことをしたと思った。

アルバイトから正社員になる晴れの歓迎会。それなのに、思いっきり水を差してしまった。

たとえ相手が気に入らないガキだとしても、ここは頭を下げるしかない。そう思った瞬間、

「どこの会社にも、ひとりくらいは嫌な上司ってのはいるもんですから」

にっこり微笑《ほほえ》まれ、貴俊は思いっきりフリーズした。

「でも、できれば参加したほうがいいですよ。秀《しゅう》さんが予約してくれたお店、料理がすごくおいしいって評判みたいだから」

「……」

「タカの負け。行くしかないね」

泰人にぽんと肩を叩かれ、貴俊は呆然としたままうなずいた。


そんなやりとりを交わしたのが、約八時間前のこと。

秀おすすめの、雰囲気も値段もカジュアルなイタリアンレストラン。奥のリザーブ席で大きな丸いテーブルを囲《かこ》み、おいしいワインと評判の料理を食べながらの歓迎会は、事務所でのお茶の時間同様に、和気《わき》あいあいとした雰囲気が漂《ただよ》っている。ように見える。

泰人が美潮の隣の席を勧《すす》めてくれたのは、対面になると話しづらいだろうという気遣いだと思うが、乾杯のあと、美潮は左隣の秀のほうばかり向いていた。

嫌な上司と言われたのもそれなりに応《こた》えたが、自分が美潮に聞かせてしまった言葉のほうがはるかに人を傷つける言葉だったに違いない。

仕事をしながら反省したものの……こっちとしても、なにを言えばいいのかわからず、ノリのいい秀がしきりに美潮に話しかけてくれることにほっとしていた。

「そういえば航兄《こう》が、久しぶりに慶《けい》さんたちと飲みたいって言ってましたよ」

美潮の口から出た兄という言葉に、なぜか急に幼い頃を思い出す。

子供は苦手という先入観があったせいで、今まで深く考えたことがなかったけれど、美潮をスタッフとして迎えるのに反対していた理由が、世間知らずだとか生意気だとか、そんなことじゃなかった気がしてきた。

弟が生まれるまでは、ふたつ違いの兄に子分扱《あつか》いされ、いつもやられっぱなしだったから、小学一年のとき、思いがけず弟ができると知ったときはほんとに嬉しかった。

生まれてくる前は手下ができると楽しみにしていたが、病院から戻ってきた赤ん坊を見た瞬間、なんて可愛いんだろうと思い、自分が守ってやるんだと兄貴愛に目覚めた日のことを、その後に体験する情けない気持ちといっしょに、はっきりと覚えている。

誰よりも可愛がってやろうと決めていたのに、物心ついた弟は、なにをやっても優秀な長男にべったりで、自分のことは今ひとつ頼りにならない兄貴だと思っていたようだった。それが腹立たしくてつい苛《いじ》めては泣かせてしまい、さらに敬遠《けいえん》されるという悪循環《あくじゅんかん》。

気がついたときには、ガキなんて相手にするもんじゃない、可愛がってもろくなことがない。などという偏《かたよ》ったイメージが定着してしまったのだと思う。

そのことを忘れていたのは、長男が結婚した頃から、弟が自分に勉強や恋愛の相談を持ちかけてくるようになり、デザイナーとして成功してからは、子供の頃のように長男と比較することもなくなっていたからだった。

秀にワインを注《つ》がれ、ご機嫌な横顔を見つめながら、貴俊はこっそりため息をついた。

美潮を正社員にするのを反対していた理由に、こんな個人的な、しかも了見《りょうけん》の狭《せま》い感情が絡《から》んでいたと気づいたせいで、歓迎してないなんて冗談でも言い放ったことが、ひどく理不尽《りふじん》に思えてきてしまう。

イタリアンカラーが鮮《あざ》やかなピッツァ・マルゲリータを味わいつつ、美潮に謝るチャンスを待つことにしたのだが……。

「おれ、アルコール弱いんで、あんまり勧めないでくださいね」

とか言って、スパークリングワインをオレンジジュースで割って飲んでいた美潮が、料理がおいしいとハイペースになり、気がついたら白ワインをがんがん飲んでいる。

「このラザニアもチーズのポテトコロッケも、すっごくおいしくないですか？」

華奢《きゃしゃ》な身体に似合わない食いっぷり。スタッフの趣味のお取り寄せグルメにもがっつり食いついてきた。若いのだから、よく食うのは大いにけっこうだけど……。

春までは十代だったくせに、とんでもないうわばみだ。

呆れながら見ていると、視線を感じるのか、料理を取り分けながら一瞬目が合ったりする。

けれど、美潮はすぐに左隣の秀に話しかけ、目をそらしてしまう。

やっぱり、今朝のことをまだ気にしているようだ。

「あれ？　このワイン、なんかラ・フランスのムースみたいな味がする～」

アルコールが回ってきたのか、美潮は気づかずタメ口になっている。

誰か注意しろよ。といつもならつっこむところだけれど、今日は特別。謝罪の意味も込めて甘やかせてやろうと思う。

「だろ？　このシャルドネ、桃や洋ナシみたいなフルーティーな香りがするけど、醸造《じょうぞう》途中で乳製品っぽいミルキーな風味が出るのが特徴《とくちょう》なんだ」

「へぇ……すごい。カッコいい～」

合コンが趣味の秀は、女性だけでなく子供の気を引くのも得意らしい。

「おれも、ワインの勉強しよっかなぁ」

白い頬《ほお》を仄《ほの》かに染め、美潮が楽しそうにしているのを見て、もう大丈夫だと思った。

すっかりご満悦の様子だし、朝のことは蒸し返さず、また日をあらためてするほうがいいかもしれない。自分とは話したくないようだし……。

「慶さんは、家ではなに飲むんですか？」

「最近ハマってるのはモッコリ……かな」

「モッコリ？　なんかやらしー名前……」

美潮が笑うと、慶一《けいいち》は眉を上げてちらりと秀を見る。

「マッコリのビール割りのことだけど、誰かさんみたいな名前だろ?」

「ほんとだ」

泰人と美潮にも同時に見られ、秀は「誉《ほ》め言葉として受け取っとくよ」と笑った。

子供の相手が得意な長男トリオがいるし、とりあえず顔だけは出したし、自分はそろそろ退《たい》散《さん》するのがお互いのためかもしれない。

貴俊は携帯電話を取り出して、メールをチェックするふりをした。

「申し訳ない。山崎《やまざき》さんから連絡入って、すぐに行かなきゃいけなくなったから、先に帰らせてもらってもいいか?」

「山崎さんって、Vスタの?」

慶一に訊《き》かれ、貴俊は「そうそう、そっちの山崎さん」と言って立ち上がる。

「ヘンだな。俺、こないだあの人と会ったけど、結婚記念日だから、週末は休みとって奥さんと子供連れてネズミの国のホテルに泊まるって言ってたのに」

リアリティを出すために、なまじ具体的な名前を出したおかげで、慶一がわざわざよけいなことを言ってくれた。

「いや……だから、今から急いで浦安《うらやす》に……」

「家族のイベント、はるばる邪魔しに行くわけだ?」

「……」

言い訳をしようとして自爆《じばく》し、突っ立ったままうなだれる。もともと気まずいところに、さらに上塗《うわぬ》りをする結果になってしまった。と、美潮がすくっと立ち上がる。

「今朝は……失礼なこと言ってごめんなさい」

いきなり謝罪され、貴俊は驚いて美潮の顔を見た。

「おれ……タカさんが、歓迎してないのに歓迎会なんか出たくないって言ってるの聞いて、なんか悲しくなっちゃって……つい」

「……！」

貴俊はぎょっとなり、テーブルの上のワイングラスを倒しそうになる。

「そんなこと言ったんだ。ひでー」

「大人として、いや……人としてそれはないだろ」

秀と慶一に非難され、完全に立場がなくなった。

でも、腹を立てているのは目の前にいる子供じゃなく、自分に対してだ。

今朝とまったく同じパターンに、懲《こ》りずにまたハメられてしまった。

「でも……来てくれて、嬉しかった」

うそつけ、クソガキ。

殊勝《しゅしょう》な気持ちになっていたのが、一気に逆戻りする。

「嫌われてるのわかってるけど、来てくれなかったらどうしようって思ってたから」

「悪いが、もうその手には乗らないから」

「おれ、初めて事務所に来たとき、タカさんのこと見て、めちゃくちゃタイプだって思っちゃったんですよね」

「……」

怒りかけたことも忘れ、貴俊は固まった。と同時に、秀と慶一と泰人が、「へぇ……」と示しあわせたみたいに言った。

「けど、すぐにこの人はアウトだって思った。ガキってだけで、端《はな》からおれのことダメだって決めつけて、相手にもしてくれなかったから……」

「……」

「すっごい、悔しかった」

はいはい、そのとおり。申し訳ございませんでした。

今日はそういう日なんだと、貴俊は腹を括《くく》る。

「でも、やっぱり……毎日会ってると、見れば見るほどカッコいいし、仕事できるし……今まで会った中でこんな素敵な人いないのに、なんで中身は最低なんだろうって……」

「……」

これって、告《コク》られてるのか？　それとも、性格をなんとかしろと婉曲《えんきょく》に抗議してるのか？　どう解釈していいかわからず、貴俊は立ったまま、空《から》になったグラスにワインを注いだ。

すると、美潮がグラスを取り上げ、ごくごくと飲み干してしまった。

呆気《あっけ》にとられる貴俊に、

「意外な展開になっちゃったね」

泰人は肩をすくめ、秀と慶一は「なっちゃったな」と笑った。

「酔っ払いの言うこと、真に受けてんじゃないよ」

「おれ、酔ってなんか……」

美潮はグラスをテーブルに転がし、よろめいて後ろに倒れそうになった。

「おいっ」

貴俊があわてて支えると、くたっとなって胸にもたれかかってくる。

なんだこれは……。

久しぶりに味わう腕の中の温《ぬく》もりに、柄にもなくどきどきしている。

「おまえ……飲みすぎなんだよ」

妙な気分になって、得意の説教がいまひとつ決まらない。

「トイ・クラスタの人はみんなやさしいのに……なんで、タカさんだけ……」

眠たい子供みたいに、目をつぶったままさらに不満をぶつけてくる。

「性格悪くて、申し訳ございませんね」

貴俊はもうどうでもよくなり、美潮を抱《かか》えてため息をついた。

「今のって、悪口じゃなくて、タカに甘えてるだけだと思うけど」

泰人が笑うのを見て、貴俊は目を瞠《みは》る。

甘えてる？　美潮が……おれに？

「嫌われてるかと思いきや、懐《なつ》かれてんじゃん」

煙草に火をつけながら、慶一も苦笑いをする。

そうなのか？　懐かれてるなんて、夢にも思っていなかったのに……。

「手とり足とり仕事も教えて、俺にいちばん懐いてると思ってたのに……説教奉行《ぶぎょう》の貴俊がタイプだったとはなぁ……」

秀は口惜《くちお》しそうに肩をすくめた。

「誰が説教奉行だ」

苦々《にがにが》しく言い返しながら、悪い気がしていない自分がいる。

いや、むしろこれは……嬉しいというか、ときめくというか……。

「デザートがまだだけど……主役がこれじゃ、お開きにするしかないね」

泰人が、残念そうに笑った。

「タカがひどいこと言ったから、飲みすぎたんだろ。責任とって連れて帰れよ」

「えっ……」

秀の言葉に怯《ひる》んだのは、酔って心を許している今はともかく、目を覚ましたあとの美潮を、どう扱っていいのかわからないからだった。

「とは言ったものの……タカに預けるのはやっぱ危険だよな」

「危険って……俺はこんなガキに手出す趣味ないんだよ」

思わず、むきになって言い返してしまった。

連れて帰りたいのか？　いや、それはない。ないはずだけれど……。

「たしかに……ゲイじゃなくても、こいつに預けるほうが危険度は高そうだよな」

慶一がちらりと秀を見る。

「いやいや、いくら可愛くても男の子は男の子だし……じつはわたくし、これから深夜のデートの予定が」

「元気なやつ……」

貴俊が呆れると、泰人がぽんと肩を叩いた。

「安全面から言えば、ほんとはうちに泊めてあげるのがベストなんだけど、今夜は弟が泊まりに来てるし、慶一んとこはすごい人見知りな猫がいるから無理だし……」

「お持ち帰りはタカに決定！」

三人が声を揃《そろ》えて言ったので、

「勝手に決めるな。ていうか、お持ち帰りとか言うな」

貴俊は迷惑そうな顔をしながら、美潮をやさしく抱え直した。

それにしても……。

中身を知っているだけに、この邪気のない寝顔はなんなんだろうと首をかしげたくなる。

貴俊は苦笑いを浮かべ、リビングのソファに寝かせた美潮にそっと毛布をかけてやった。

タクシーの中で、美潮は貴俊の肩にもたれかかり、安心したように眠っていた。車から降ろして、運転手に手伝ってもらって負《お》ぶったときも、いっこうに目覚める様子はなく、熟睡《じゅくすい》したままだった。

明日の朝目が覚めて、ここが誰の家か気づいたら、さぞや驚くことだろう。

これから正社員として働く会社の先輩に対する失礼発言の数々や、自分の歓迎会で酔いつぶれたことも含め、大反省大会になること間違いなし。

と思ったが、この状態では今夜のことなど覚えていないかもしれない。

「知らぬが仏ってやつだな」

見下ろしながら笑うと、

「う……ん……」

美潮がかすかに眉を寄せる。寝苦しいのではと胸元のボタンをはずすと、白い肌がちらりと見えた。子供だと思っていたのが、急に艶《なま》めかしく感じられ、急いで手を離す。

「ヤバいだろ、これ……」

意外すぎる自分のリアクションに、貴俊は声をひそめてつぶやいた。

いや、でも……お持ち帰りしろと言われたときから、こうなることはわかっていた気がする。

妙にワクワクしていたのも……。

貴俊は、小さな寝息をたてて眠る美潮の顔を覗き込む。

つまらないコンプレックスが消えたおかげで、本来好きだったものを、俺はまた素直に愛せるようになるんだろうか……。

「いやいやいや……」

貴俊は腕組みをし、美潮に背を向けた。

こいつの性格には問題がある。酒癖悪いし、生意気だし……。

ちらりと振り向くと、クソガキだった美潮の寝顔が、天使に見えてくる。

ソファの背もたれを右手でつかみ、吸い寄せられるように顔を近づけた。

やわらかそうな唇。酔っ払いのくせに、髪からも肌からもいい匂いがする。

「うん……」

美潮が目を開けそうになったと思い、貴俊はあわてて起立した。

気づかれたかもと、一瞬ひやりとしたけれど、ただの寝言だったらしく、美潮はぐっすり眠ったままだった。

胸を撫《な》で下《お》ろしながら、頭の中がぐるぐるしている。

「俺……なにやってんだ」

未遂《みすい》ですんだからよかったものの、危うくキス泥棒《どろぼう》になるところだった。

もし、こんな自分をスタッフに知られたら……。

一〇〇%笑われる。

だからと言って、この甘え上手《じょうず》な小動物を野放しにしておけば、どこかのオオカミに喰われてしまうかもしれない。職場には、臨機応変《りんきおうへん》な秀みたいなやつもいるし……。

こいつはゲイで、少なからず俺のことをいい男だと思っているらしい。中身が気に入らないと抗議していたが、やさしくしろと仄《ほの》めかすあたり、脈ありと見た。

落とすだけなら、そう難しいことじゃない。

だが、手に入れたあとが輪をかけて面倒そうな気がする。

どうする、俺?

感じる漢字ゲームのデザインをしているせいで、「悩」の文字が頭の中で、いろんなタイプのロゴになって点滅《てんめつ》している。

「ん……」

美潮が寝返りを打って、肩から毛布がずれたのに気づき、貴俊はそっとかけ直してやった。

なんの夢を見ているのか、幸せそうな顔をしている。

今日の朝、憎らしいと思っていたやつを、夜には可愛いと思っているなんて、そんなことが起きるとは夢にも考えていなかった。

なんだかなぁ……。

ため息をつきながら、顔が笑ってしまうのを止められない。

ひとりが寂しくなってきたから、友人の家で生まれる子猫を、頼んで一匹譲《ゆず》ってもらおうと思っていたけれど……。

どうやら、その必要はなくなりそうだ。

気の進まない飲み会に参加したおかげで、甘やかされ慣れた、わがままで跳《は》ねっ返《かえ》りの、いかにも手のかかりそうな、世にも可愛い生き物を見つけてしまったから……。

あとがき

松前侑里

お久しぶりです。もしくは、はじめまして。

わざとじゃないんですが、タイトルがまた食べもの関係になってしまいました。

コーンスープ、ビスケット、レモネード、はちみつ……とつづいたあとのストロベリーで、好きでやってると思われても仕方ないのですが、ほんとにたまたまなのでございます。

無意識に使ってしまうというのは、もしかして私が食いしん坊だから？

でも、私はけしてグルメではなく、ましてや料理上手なんかでもなく、人がおいしそうなものを食べていたり、楽しそうに料理をしている姿を眺めるのが趣味なだけの……そう、あえて名前をつけるなら、食べものウォッチャーと申せましょう。

子供の頃から、絵本や漫画に出てくるお菓子やごはんが大好きで、ストーリーよりも登場する食べもののほうに心魅《ひ》かれる傾向《けいこう》がありました。

なので、大人になった今も、映像作品に料理や食卓のシーンが出てくると、そっちに目がいってしまい、どんな話なのかと訊《き》かれても、○○がおいしそうだったとか、○○を作っているところがよかったとか、食べものの感想になってしまいます。

たくさんありすぎて全部は書けませんが、萌《も》えた場面をいくつか挙《あ》げてみますと……映画では『花とアリス』のおにぎりサンドを海で食べるシーン、『かもめ食堂』のしょうが焼きを作るシーン、『ジョゼと虎《とら》と魚たち』の玉子焼きを作るシーン、ドラマでは『天使のわけまえ』のお弁当を作るシーン、そして、CMでは小林聡美《こばやしさとみ》さんがPascoのパンを調理するシーンなど……けして豪華なごちそうではなく、普通のキッチンで作った、素朴《そぼく》だけど心のこもった料理が出てくる、見ているだけで幸せが伝わってくる映像ばかりです。

料理のシーンというのはきっと、食べものの魅力だけじゃなく、作る人と食べる人の思いが加わってはじめて、素敵だと感じるんでしょうね。

私もそんなふうに、目にも心にもおいしい場面を書きたいと願いつつ、料理や食事のシーンになると、つい食べものの内容のほうに力を入れてしまっているかもしれません。

読者さまには、そんなところを反省するより、BL的にもっと力を込めるべき箇所《かしょ》があるでしょうとつっこまれそうですが、それは今後の課題ということで……。

冒頭の話に戻ります。

このタイトルになったのは、ほんとに食品つながりにしたかったわけではなくて、イラストをお願いした小川安積《おがわあづみ》先生が描かれる、可愛い男の子のイメージが苺《いちご》だったからなんです。

こんな子に、真っ赤な苺を食べさせたらすごく似合いそう。そう思った瞬間、数ある言葉の中から迷うことなく選んでしまいました。

小川先生、すべてのキャラを素敵に作ってくださり、本当にありがとうございました。

主人公の美潮《みしお》は、まさにストロベリーボーイ。デザイン事務所の先輩たちも、それぞれのキャラに合ったイケメン集団で、本が完成するのがどきどきするほど楽しみです。

いつも丁寧《ていねい》に原稿を見てくださる担当さまをはじめ、新書館の皆さま、今回も大変お世話になり、ありがとうございました。

この本を手にとってくださった皆さまにも、心から感謝しております。

透明感のあるやさしいイラストといっしょに、甘酸《あまず》っぱい苺風味の恋の話も、おいしく召し上がっていただけたら嬉しいです。オマケのショートストーリーは、私がほとんど書かない攻視点の話なので、こちらもぜひご試食くださいませ。

次回は冬頃、まるまる書き下ろし本でお目にかかれる予定です。

おつきあいいただき、ありがとうございました。

楽しい夏を。そして、おいしい秋を。

温かい食べものや飲みものが恋しくなる季節に、また元気に再会できますように……。

D E A R + N O V E L

もう一度ストロベリー《もういちどストロベリー》

この本を読んでのご意見、ご感想などをお寄せください。
松前侑里先生・小川安積先生へのはげましのおたよりもお待ちしております。
〒113-0024　東京都文京区西片2-19-18　新書館
[編集部へのご意見・ご感想] ディアプラス編集部「もう一度ストロベリー」係
[先生方へのおたより] ディアプラス編集部気付　○○先生

初　出
もう一度ストロベリー：書き下ろし
Strawberry Complex!：書き下ろし

新書館ディアプラス文庫

著者：**松前侑里** [まつまえ・ゆり]
初版発行：2011年6月25日

発行所：株式会社**新書館**
[編集] 〒113-0024　東京都文京区西片2-19-18　電話(03)3811-2631
[営業] 〒174-0043　東京都板橋区坂下1-22-14　電話(03)5970-3840
[URL] http://www.shinshokan.co.jp/
印刷・製本：**図書印刷株式会社**

定価はカバーに表示してあります。乱丁・落丁本はお取替えいたします。
ISBN978-4-403-52279-6

S H I N S H O K A N

＜ディアプラス小説大賞＞

募集中！

トップ賞は必ず掲載!!

賞と賞金

大賞・30万円

佳作・10万円

内容

ボーイズラブをテーマとした、ストーリー中心のエンターテインメント小説。ただし、商業誌未発表の作品に限ります。

・第四次選考通過以上の希望者には批評文をお送りしています。詳しくは発表号をご覧ください。なお応募作品の出版権、上映などの諸権利が生じた場合その優先権は新書館が所持いたします。
・応募封筒の裏に、**【タイトル、ページ数、ペンネーム、住所、氏名、年齢、性別、電話番号、作品のテーマ、投稿歴、好きな作家、学校名または勤務先】**を明記した紙を貼って送ってください。

ページ数

400字詰め原稿用紙100枚以内（鉛筆書きは不可）。ワープロ原稿の場合は一枚20字×20行のタテ書きでお願いします。原稿にはノンブル（通し番号）をふり、右上をひもなどでとじてください。なお原稿には作品のあらすじを400字以内で必ず添付してください。

小説の応募作品は返却いたしません。必要な方はコピーをとってください。

しめきり

年2回　1月31日/7月31日（必着）

発表

1月31日締切分…小説ディアプラス・ナツ号（6月20日発売）誌上
7月31日締切分…小説ディアプラス・フユ号（12月20日発売）誌上
※各回のトップ賞作品は、発表号の翌号の小説ディアプラスに必ず掲載いたします。

あて先

〒113-0024　東京都文京区西片2-19-18
株式会社 新書館
ディアプラス チャレンジスクール〈小説部門〉係